Kerstin Sundh

MIRANDA

Ersehnte Briefe

Aus dem Schwedischen
von Birgitta Kicherer

SCHNEIDER BUCH

Die Deutsche Bibliothek – CIP-Einheitsaufnahme

Sundh, Kerstin:
Miranda / Kerstin Sundh. Aus dem Schwed. von Birgitta Kicherer. – München : F. Schneider.

4. Ersehnte Briefe. – 1993
ISBN 3-505-04414-8

Dieses Buch wurde auf ein chlorfreies, umweltfreundlich hergestelltes Papier gedruckt.

First published 1989 by
Norstedts Förlag, Stockholm
Originaltitel: Miranda och breven
Übersetzung aus dem Schwedischen: Birgitta Kicherer
Titelillustration: Anna Walfridson
Lektorat: Vera Fiebig
Textredaktion: Renate Navé
Herstellung: Paul Fugmann
Satz: FIBO Lichtsatz GmbH, München
Druck: Presse-Druck, Augsburg
ISBN: 3-505-04414-8

Besuch bei Mama

Mama stand am Herd und kochte Kaffee. Mit verträumtem Gesicht summte sie vor sich hin. Es schien ihr gar nicht aufzufallen, daß Miranda in ihrem Sonntagskleid und mit neuen Schuhen dasaß und zwei rote Seidenschleifen an ihren Zöpfen hatte.

Miranda machte einen Sonntagsbesuch auf dem Eselsberg.

Natürlich hatte Mama sich gefreut, aber doch nicht so sehr, wie Miranda es erwartet hatte. Immerhin war sie jetzt ein großes Mädchen, das in die Oberschule ging.

„Nanu, so ein vornehmer Besuch“, hatte Mama nur gesagt, als Miranda zur Tür hereingekommen war.

Und jetzt wollte Mama ihr Kaffee anbieten, als wäre Miranda ein fremder Gast. Sie bat Miranda nicht einmal, den Tisch zu decken. Der Hefezopf lag bereits säuberlich aufgeschnitten auf dem Brotteller.

Es dauerte, bis der Kaffee fertig war. Das Feuer im Herd brannte noch nicht richtig. Miranda saß auf dem Küchensofa und wartete. Die Tür zur Kammer stand offen. Mama hatte das Bett gemacht und aufgeräumt. Von Hilmer, den Mama heiraten wollte, war allerdings keine Spur zu sehen. Eigentlich hätte er ja schon längst hier auf dem Eselsberg wohnen sollen.

Die Tür zum Küchenkabuff, Mirandas ehemaligem Zimmer, war geschlossen. Vielleicht war Hilmer dort eingezogen. Miranda traute sich nicht, danach zu fragen. Sie hoffte, Hilmer würde nicht in ihrem Zimmer wohnen. Das wäre so, als ob Mama sie schon vergessen hätte. Am liebsten hätte sie die kleine Tür geöffnet, doch das wagte sie nicht. Sie wollte diesen Hilmer nicht in ihrem Bett liegen sehen.

Mama summte noch immer vor sich hin.

„Ora et labora", sagte Miranda plötzlich.

Mama drehte sich um.

„Was sagst du da? Was soll das heißen?"

„Das ist Latein und heißt bete und arbeite", erklärte Miranda.

„Hab noch nie im Leben so was Idiotisches gehört", sagte Mama. „Bringen sie euch in dieser feinen Schule denn nichts Vernünftiges bei? Bete und arbeite ... Wie soll das denn gehen – beten und gleichzeitig arbeiten, wenn man kein Pfarrer ist? Und für so einen Schwachsinn gibt Lovisa auch noch Geld aus ... Kann sie sich das überhaupt leisten?"

„Meine Mutter will, daß ich viel lerne. Wissen ist mehr wert als Geld, sagt sie."

„Einen ordentlichen Beruf zu erlernen ist auch Wissen", sagte Mama. „Sechs Jahre mußt du noch in diese Schule gehen. Und was kannst du dann? Mit dem Wissen nimmt dich keiner. Viele Jahre nutzlos verplempert. Du könntest in die Berufsschule gehen wie Otto ... Und ‚meine Mutter' – soll das etwa Lovisa sein? Du nennst sie jetzt also Mutter? Womöglich darfst du nicht mehr Mama zu mir sagen – und dabei hab ich dich großgezogen."

Gleich würde Mama in Tränen ausbrechen. Dabei war Miranda hergekommen, um Mama eine Freude zu machen – um ihr zu zeigen, daß sie sie nicht vergessen hatte, obwohl sie jetzt in Oberkirschberg wohnte und die Oberschule besuchte. Doch jedesmal, wenn Miranda besonders lieb zu Mama sein wollte, schien alles schiefzugehen.

Plötzlich kochte der Kaffee über, obwohl Mama daneben stand. Überall war Kaffee, sogar auf dem Küchenboden. Mama und Miranda wischten gemeinsam auf. Dann setzten sie sich an den Tisch und tranken den übriggebliebenen Kaffee. Miranda begnügte sich mit einer halben Tasse. Seit sie nach Oberkirschberg gezogen war, trank sie kaum noch Kaffee. Lovisa fand, daß Kakao besser schmeckte und gesünder war.

Mama hatte aufgehört zu summen. Im Sonnenlicht, das durchs Fenster hereinströmte, sah sie plötzlich blaß und müde aus.

„Hast du viel zu tun?" fragte Miranda.

„Es reicht", sagte Mama.

„Bist du immer noch in der Badeanstalt?"

„Ja. Die Arbeit ist nicht schlecht, allerdings merkt man's im Rücken, wenn man immerzu Leute und Badewannen schrubben muß. Die Badeanstalt ist nicht gerade modern."

Miranda wollte Mama ein wenig aufmuntern. „Kommen viele Dickwänste zum Baden? Erzähl mal!"

„Da gibt's nichts zu erzählen", sagte Mama. „Die Leute können nichts dafür, daß sie alt und dick werden. Man darf sie deshalb nicht auslachen."

„Aber früher hast du das getan. Erinnerst du dich noch? Badet Hilmer immer noch bei dir?"

Das hätte sie nicht fragen sollen. Mamas Gesicht verdüsterte sich, und ihre Wangen sahen eingefallen aus.

„Was weißt du von Hilmer?" fuhr sie Miranda an.

„Er hat dir gefallen", flüsterte Miranda. „Du hast gesagt, daß du vor langer Zeit in ihn verliebt gewesen bist. Du wolltest ihn sogar heiraten ..."

„Was redest du da für einen Unsinn daher?"

„Aber das hast du wirklich gesagt!"

„Ich heirate doch nicht jeden, über den ich Witze mache! Hilmer ist außerdem nicht mein Typ. Allerdings kann man seinen Spaß mit ihm haben, er ist nicht so eine trübe Tasse wie Albert."

Das hatte Miranda schon unzählige Male gehört. Keiner war Mama gut genug. Und das war wahrscheinlich besser so. Lovisa erging es ähnlich. Immer wieder tauchten in Oberkirschberg Mannsbilder auf, die ihr schön taten.

„Ich find's gut, daß du nicht heiratest", sagte Miranda. „Männer sind nur im Weg."

Da lachte Mama.

„Du bist eine komische Nudel", sagte sie. „Warte nur, bis du ein bißchen älter bist. Da wirst du schon dahinterkommen, daß man mit Männern durchaus seinen Spaß haben kann. Und wie sollte man sonst Kinder kriegen?"

Miranda schwieg. Daran hatte sie nicht gedacht. Ohne Mamas Männer hätte es Otto und sie nie gegeben. Und einen Vater wollte sie haben. Allerdings brauchte er nicht unbedingt in Oberkirschberg zu wohnen.

„Du und Lovisa, ihr habt das Beste gewählt. Ihr habt euch die Mannsbilder vom Hals gehalten und die Kinder behalten."

Mama sah sie nachdenklich an. „Bist du dir da ganz sicher?" sagte sie endlich.

Miranda wurde mit einem Mal unendlich traurig. Mama freute sich nicht über ihre Kinder. Vielleicht war nicht einmal Otto für Mama das Beste auf der Welt.

Das Leben soll ein Fest sein

Spielabend. Das bedeutete Tanz in der Turnhalle. Miranda fürchtete sich davor. Sie war noch nie beim Tanzen gewesen und konnte es auch nicht.

„Da geh ich nicht hin“, sagte sie zu Lovisa. „Das ist nichts für mich.“

„Natürlich gehst du hin“, sagte Lovisa fröhlich, ganz so, als ob sie selbst zum Tanzen gehen sollte. „Ich bring dir Walzertanzen bei.“

„Woher kannst du denn tanzen?“ fragte Miranda.

„Ich bin schließlich auch mal jung gewesen und hin und wieder tanzen gegangen. Mein Vater sah es allerdings nicht gern, daß ich mich amüsierte. Bei meinen Brüdern nahm er es nicht so genau. Aber ich hab leidenschaftlich gern getanzt.“

„Hast du auch mit meinem Vater getanzt?“

Lovisa sah sie lachend an. „O ja, er war ein fabelhafter Tänzer. Bestimmt wird es auch dir Spaß machen.“

Dann tanzten Lovisa und Miranda in der Küche, und Lovisa sang eine Walzermelodie dazu. Walzer war einfach. Miranda lernte ihn ganz rasch.

„Wir sollten uns ein Grammophon anschaffen“, sagte Lovisa. „Und ein paar Schallplatten. Dann könnten wir abends tanzen.“

„Und dann könnten wir ein paar Leute zum Tanzen einladen“, schlug Miranda vor.

„Vielleicht Albert“, sagte Lovisa. „Albert und Otto.“

„Nie“, sagte Miranda. „Glaubst du etwa, daß ich mit Otto tanzen will? Übrigens kann er es gar nicht. Und Albert tanzt auch nicht. Er sagt, Tanzen sei Sünde ...“

„Und Anders, wie wär’s mit dem?“

„Unter keinen Umständen“, sagte Miranda. „Es

reicht, daß er Holz hackt oder auf dem Küchensofa hockt und dich anstarrt. Der kann bestimmt nicht tanzen."

„Seine Söhne tanzen vielleicht", meinte Lovisa.

„Ach die", sagte Miranda. „Die sind genauso langweilig wie ihr Vater. Mit denen mag ich nicht tanzen."

„Es gibt nicht viele, die vor dir Gnade finden", seufzte Lovisa. „Was ist übrigens aus dem einen geworden, den du mir zeigen wolltest – der, von dem du behauptet hast, er sei der Richtige für mich – hast du ihn nun doch nicht gefunden? Ich hab gewartet."

„Ach was, der! Das war ein Irrtum. Er war schon verheiratet. Den kannst du vergessen."

„Ich werd's versuchen", sagte Lovisa und lächelte. „Aber jetzt reden wir lieber über den Schultanz. Was willst du anziehen?"

„Das Grüne, das du im Sommer genäht hast."

„Das hast du schon so oft angehabt", wandte Lovisa ein. „Wie wär's, wenn wir für den Schultanz ein neues Kleid besorgen würden?"

„Das wird zu teuer", meinte Miranda. „Wir müssen sparen."

Lovisa lachte. „Was bist du doch für ein Langweiler! Ein richtiger alter Geizkragen! Möchte bloß wissen, wer hier jung ist – du oder ich?"

„Wahrscheinlich du", erwiderte Miranda.

„Und ich werde auch den Stoff kaufen und das Kleid nähen", sagte Lovisa. „Morgen hole ich dich nach der Schule ab, und dann gehen wir zusammen zum Stoffkaufen. Wollen wir diesmal Blau nehmen?"

Natürlich wollte Miranda ein neues Kleid haben. Aber für diesen Schultanz lohnte es sich wirklich nicht. Es würde sowieso niemand mit ihr tanzen. Obwohl sie in Oberkirschberg wohnte, war sie doch immer noch eine vom Eselsberg. Sie war nicht wie die anderen. Es war, als könnte sie sich nicht so unterhalten wie die anderen Mädchen in ihrer Klasse. Es war, als ob die in einer anderen Welt lebten. Niemand war unfreundlich zu ihr. Aber es war so, als ob sie Luft wäre. Meistens schwieg sie. Manchmal hatte sie das Gefühl, als würde sie stumm werden. Gull war die einzige, mit der sie reden konnte.

Allerdings hatte Gull inzwischen viele andere Freundinnen gefunden. Alle, die in der Stadt wohnten, besuchten einander nachmittags und unternahmen alles Mögliche, worüber sie sich dann in den Pausen unterhielten. Lauter Geheimnisse, die sie sich zuflüsterten. Jemand, der außerhalb der Stadt wohnte, konnte nie dazugehören.

„Worüber denkst du nach?" fragte Lovisa. „Die Stoffarbe? Du wirst hübsch aussehen in Blau. Deine Augen werden genauso blau werden wie sie mit dem grünen Kleid grün wurden. Deine Augen wechseln die Farbe ..."

„Klingt gut. Aber ich geh trotzdem nicht zu dieser Tanzerei."

„Unsinn! In deinem neuen Kleid wirst du so hübsch aussehen, daß die Jungs sich darum prügeln werden, mit dir tanzen zu dürfen. Denk bitte nicht daran, was der Stoff kostet und daß es besser wäre, das Geld für etwas Nützliches auszugeben. Mach lieber ein fröhliches Gesicht. Wenn man jung ist, muß man sich amüsieren. Ich will, daß du all das Schöne mitkriegst, was ich nicht bekommen konnte. Das Leben soll ein Fest sein ..."

„Und dann hauen wir auf den Putz ... Du klingst ja fast wie Mama!"

„Du kleiner Sauertopf." Lovisa lächelte. „Übrigens bin ich deine Mama. Warte, ich hole die Modezeitschrift, und dann suchen wir uns ein schönes Schnittmuster für dein Tanzkleid aus."

Eine Kleine, die stand alleine ...

Sie hätte es wissen müssen. Es war völlig unnötig gewesen, das neue blaue Kleid anzuziehen und die Haare mit einer blauen Seidenschleife im Nacken zusammenzufassen. Für die neuen blanken Schuhe hatte sie auch keine Verwendung. Und Walzer brauchte sie erst recht nicht zu können. Spielabend – das bedeutete Reigentänze in der Turnhalle. Und dort durfte man nur Turnschuhe anhaben. Aber fein angezogen mußte man trotzdem sein. Alle sahen feierlich und ein bißchen ängstlich aus. Es waren mehr Mädchen da als Jungen, obwohl in Mirandas Klasse vor allem Jungen waren.

Die Jungen drängten sich in eine Ecke des Saals und waren so ordentlich frisiert, daß man sie kaum wiedererkannte. Ihre Haare verströmten einen eigenartigen Duft.

„Pomade", flüsterte Gull. „Die stinken alle ganz fürchterlich."

Gull war mit ein paar anderen Mädchen gekommen, die in ihrer Nachbarschaft wohnten und immer zusammen zur Schule gingen. Gulls helles Haar umrahmte wie eine Wolke ihr Gesicht. Sie hatte keine Haarschleife. Die anderen Mädchen hatten auch keine. Statt dessen glitzerten hübsche perlenbesetzte Haarspangen in ihren Haaren. Vielleicht war eine Schleife fürchterlich kindisch. Miranda versuchte verstohlen, ihre Schleife zusammenzudrücken. Sie wollte nicht anders sein als die anderen.

Sie hatte sich neben Gull gestellt. Gull war die einzige Freundin in der Klasse, aber sie war sich nicht sicher, ob Gull Wert darauf legte, Mirandas Freundin zu sein. Gull hatte so viele, unter denen sie wählen konnte. Mit einem Mädchen, das in einer prächtigen Villa wohnte und dessen Vater Arzt war, wollten alle befreundet sein.

Plötzlich kam Leben in die Turnhalle. Die Zweitkläßler kamen. Der Spielabend war für die beiden untersten Klassen. In der Dritten wurde dann richtig getanzt. Man sah es den Zweitkläßlern an, daß sie Reigentänze kindisch fanden.

Der Lehrer, der sonst den Turnunterricht gab, leitete das Ganze und sorgte dafür, daß die Kinder

Reigen bildeten. Ganz außen ein großer Reigen und innen ein kleinerer. In einer Ecke der Halle stand ein Klavier, an dem jetzt eine ältere Dame Platz nahm. Miranda erkannte sie wieder. Es war die Mutter von Herrn Bengtsson. Am liebsten hätte sie gefragt, wie es Herrn Bengtsson ging, doch das wagte sie nicht. Und außerdem mußte sie dem Turnlehrer zuhören.

Zu den Tänzen mußten sie Lieder singen. Der Lehrer erklärte alles. Im inneren Ring standen nur Jungen. Wenn sie an eine bestimmte Stelle im Lied kamen, mußte jeder Junge ein Mädchen zum Tanz auffordern. Miranda wurde ganz steif. Sicher würde kein Junge sie auffordern. Da half auch nicht das neue Kleid. Eigentlich war Miranda immer noch das arme Gör vom Eselsberg.

Dann fing der Tanz an. Die Dame am Klavier spielte, und alle sangen das Tanzlied „Sieben hübsche Burschen in einem Kreis, trallala". Allerdings standen zehn Burschen im Kreis, und keiner von ihnen war besonders hübsch. Miranda machte sich aus keinem was. Von ihr aus konnten sie tanzen, mit wem sie wollten. Aber trotzdem war es schrecklich, als sie im Lied an die Stelle kamen, wo die Burschen wählen sollten: „Jetzt bin ich von Herzen froh, trallala, meine Liebste ist allhier, trallala".

Fröhliche Mädchen tanzten in den inneren Reigen hinein und drehten sich mit den Jungen im Kreis. Ganz schön eingebildet sahen sie aus, die Auserwählten. Die Mädchen, die nur im äußeren Reigen tanzten, waren nichts wert.

2 4414-12

Dann wurden neue Lieder einstudiert. Die Dame am Klavier spielte und spielte. Die Kinder schwitzten und sangen und drehten sich im Kreis. Miranda schien die einzige zu sein, die nie in den kleinen Reigen hineinkam. Gull wurde unentwegt aufgefordert. Sie sah richtig fröhlich aus. Ihre Haarspange glitzerte, und die hellen Haare wippten.

Dann klatschte der Turnlehrer in die Hände. Jetzt sollten sie einen neuen Tanz lernen. Er hatte eine junge Dame mitgebracht, die ihn ihnen beibringen sollte. Sie war sehr hübsch, mit dunklen Locken und schlanker Taille. Es wurde geflüstert, sie sei die Verlobte des Lehrers.

Sie trat mitten in den Kreis und lächelte, und da sah man, daß sie Grübchen in den Wangen hatte.

„Diese alten Singspiele scheint ihr alle zu kennen. Nun will ich euch etwas Neues beibringen. Zuerst singen wir, bis ihr das Lied könnt. Hört gut zu."

Sie sang mit klarer, schöner Stimme: „*Eine Kleine, die stand alleine und wartete auf ihren Schatz. Als er wegblieb, hatte sie einen andren lieb, nahm sich einen andren Schatz.*"

Ein hübsches und lustiges Lied, das sie rasch gelernt hatten. Dann zeigte die junge Frau ihnen, was sie tun sollten. Die Mädchen im inneren Kreis sollten mit dem Rücken zum großen Kreis stehen, aber bei den Worten „nahm sich einen andren Schatz" mußten sie sich rasch umdrehen, die Jungen anschauen und schnell einen Jungen an sich ziehen und mit ihm rundherum tanzen.

Anschließend mußten sich alle im großen Kreis aufstellen, worauf die Dame die Mädchen aussuchte, die einen Jungen wählen durften. Als allererste nahm sie Miranda. Sie tanzte sogar mit ihr, um den anderen zu zeigen, wie es ging.

Und dann begann der neue Tanz. Den anderen den Rücken zuzukehren, das war keine Kunst. Aber sich umdrehen und sich einen Jungen auszusuchen ... nein, das schaffte Miranda nicht. Sie blieb mitten im Kreis stehen, während die anderen umherwirbelten. Sie versuchte, in den großen Kreis zurückzukehren, doch die vielen tanzenden Paare versperrten ihr den Weg.

Da kam jemand von hinten auf sie zu und drehte sie um. Jemand nahm ihre Hände und tanzte mit ihr. Ein großer Junge, größer als alle anderen.

„Dummerchen", sagte der große Junge. „Muß man dir tatsächlich beibringen, wie man Reigentänze tanzt?"

Es war Harry, Mirandas Vetter, der in die Dritte ging und gar nicht am Spielabend der unteren Klassen teilzunehmen brauchte.

Bald darauf war der Spielabend zu Ende. Alle machten sich auf den Heimweg. Die meisten zogen in Grüppchen davon. Miranda war die einzige, die in Richtung Oberkirschberg mußte. Aber allein brauchte sie deshalb nicht zu gehen. Harry begleitete sie und schob ihr Fahrrad. Lange Zeit gingen sie schweigend nebeneinander her. Miranda fühlte sich plötzlich verlegen.

„Wieso bist du zum Spielabend gekommen?“ fragte sie schließlich. „Obwohl du in die Dritte gehst?“

Er lächelte ein spöttisches Lächeln. „Ich war gerade in der Nähe“, sagte er. „Und ich hatte es im Gefühl, daß du nicht damit klarkommen würdest. Man muß seinem Kusinchen doch beistehen, wo immer man kann!“

„Ich wurde nicht aufgefordert“, sagte Miranda. „Sonst wäre ich schon klargekommen.“

„Weißt du, wie du aussiehst?“ fragte Harry.

„Natürlich weiß ich das. Das ist doch der Grund, warum niemand mit mir tanzen wollte.“

„Das liegt daran, daß du ein Gesicht machst, als wolltest du die anderen beißen“, erklärte Harry. „Kein Mensch wagt mit einem Mädchen zu tanzen, das andere beißt. Du siehst aus, als hättest du eine Zitrone verschluckt.“

„Du bist genau wie Lovisa. Die sagt, ich sei ein Langweiler und ein Sauertopf.“

„Das bist du allerdings nicht. Du hast nur Angst. Wovor fürchtest du dich? Ich hab dich in der Schule in den Pausen beobachtet. Wie ein verängstigter Hund schleichst du herum. Ich hätte gute Lust, dich ordentlich durchzuschütteln.“

„Dann tu's doch!“

„Das versprech ich dir“, sagte Harry.

„Und ich versprech dir, niemanden zu beißen und keine Angst mehr zu haben.“

Getrübte Freude

Heute hatte Miranda es nicht eilig, nach der Schule heimzugehen. Lovisa war den ganzen Tag bei der Weberin Emma, um ihr beim Aufziehen der Kette zu helfen. Das Schwierigste beim Weben sei das Aufziehen der Kette, sagte Lovisa immer.

Als Mittagessen mußte Miranda sich einen Eintopf mit Fleisch warm machen. Für jemand, der so oft wie sie auf dem Eselsberg Mittagessen gekocht hatte, war das keine Kunst. Trotzdem hatte Lovisa alles so sorgfältig vorbereitet, als wäre Miranda vollkommen hilflos. Lovisa behandelte sie noch immer wie ein kleines Kind.

Aber Miranda hatte nicht vor, sofort nach Hause zu gehen. Sie überlegte, ob sie Mama in der Badeanstalt besuchen sollte. Allerdings freute Mama sich nie, wenn Miranda an ihrem Arbeitsplatz auftauchte. Da war es schon besser, bei Albert und Otto reinzuschauen. Die freuten sich über Besuch, wenigstens tat Albert das.

Es machte immer wieder Spaß, den Hof zu Alberts Schreinerwerkstatt zu überqueren. Das schöne neue Haus war viel größer als das alte, das abgebrannt war. An der Tür prangte das große Holzschild *Schreinerei A und O*.

Am Ende des Flurs führte eine Tür in das Kämmerchen, das als Klohäuschen benützt wurde. WC stand an der Tür. Dieses Kämmerchen war Ottos ganzer Stolz, das Großartigste am ganzen Haus. In dieses Kämmerchen lud er seine Gäste gern ein.

„Willst du unseren Lokus benützen?“

Es war tatsächlich ein hübsches Kämmerchen: ein Teppich auf dem Fußboden, ein Waschbecken mit fließendem Wasser und ein kleiner Spiegel. Und dann die erstaunliche Kloschüssel, über der eine Kette herunterhing. Wenn man an der Kette zog, wurde die Schüssel mit Wasser ausgespült. Miranda sagte, beim Doktor hätten sie ein noch schöneres WC. Otto wagte das zu bezweifeln. Wenn man nur das alte Klohäuschen vom Eselsberg als Vergleich kannte, war dieses Kämmerchen natürlich der absolute Luxus.

Otto war allein in der Schreinerwerkstatt. Er reparierte gerade eine Kommodenschublade, offensichtlich eine schwierige Arbeit. Er machte ein grimmiges Gesicht und hatte leimverschmierte Finger.

„Ich kann Leim nicht ausstehen“, stöhnte er. „Der bleibt überall kleben, wo er nicht hingehört.“

„Es riecht aber gut“, sagte Miranda.

Otto warf ihr einen sauren Blick zu.

„Du hast leicht reden, du brauchst ihn ja bloß zu riechen“, sagte er. „Was willst du überhaupt hier? Ich koch dir keinen Kaffee, falls du dir das vorgestellt hast.“

„Ich trinke ohnedies keinen“, sagte Miranda. „Ich wollte nur ein bißchen nette Gesellschaft haben.“

„Und da kommst du hierher ...“
„Ja, ihr seid immer so vergnügt. Wo ist Albert?“
„Verhandelt irgendwo mit irgendeinem Mann über einen Auftrag. Scheint was Neues zu sein. Endlich mal keine Reparatur von irgendeinem klapprigen alten Möbelstück. Seit Vater seine Werkstatt eröffnet hat, sind die Leute wie verrückt. Sie kramen das unmöglichste Gerümpel von ihren Dachböden hervor. Bisher scheint es niemanden in der Stadt gegeben zu haben, der sich die Mühe gemacht hat, alte Sachen zu reparieren.“
„Arbeitslos seid ihr wirklich nicht“, sagte Miranda. „Ich glaube, ich werde auch Schreiner.“
„Du mit deiner feinen Schule. Du wirst doch irgendwas Besseres. Sitzt im Büro und tippst mit schneeweißen Händen auf einer Schreibmaschine.“
„Du klingst genau wie Mama“, sagte Miranda. „Ich werd später mal Bäuerin und melke Kühe, damit du’s nur weißt.“
„Ohne einen Bauern geht das aber nicht. Und wo willst du den hernehmen?“
„Lovisa kommt auch allein zurecht. Übrigens habe ich einen, falls ich ihn brauchen sollte.“
„Du solltest Mama mal wieder besuchen“, sagte Otto. „Sie grämt sich, weil du nie auf den Eselsberg kommst und glaubt, du seist hochnäsig geworden.“
„Mama freut sich aber nie, wenn ich komme“, wandte Miranda ein. „Sie interessiert sich nur für dich. Es ist besser, wenn du hingehst ...“
„Bin schon dagewesen. Sie hat nur geheult.“

„Sicher wegen diesem Hilmer. Ich glaube, er hat sie sitzenlassen."

„Keine Ahnung, was es ist. Aber traurig ist sie, das steht fest. Vielleicht fällt es ihr leichter, mit einem Mädchen zu sprechen."

„Ich kann schon hingehen. Aber wenn es Hilmer ist, kann ich ihr nicht helfen."

„Diesen Kerl kann ich auf den Tod nicht ausstehen", sagte Otto. „Sie hätte Vater nehmen sollen."

„Das geht uns nichts an", sagte Miranda. „Aber ich werde auf jeden Fall irgendwann auf den Eselsberg gehen und mit ihr reden."

Otto machte sich wieder an die Arbeit und zeigte deutlich, daß er keine Lust hatte, sich noch weiter zu unterhalten. Miranda blieb noch eine Weile stehen und sah ihm zu.

„Vielleicht kann ich dir helfen", sagte sie. „Habt ihr nichts, was angemalt werden muß? Ich könnte einen alten Schrank mit Rosen bemalen."

„Dahinten steht eine alte Truhe, die wir repariert haben", meinte Otto. „Der Anstrich ist beinahe völlig abgeblättert. Aber sie war früher mal blau. Und auf dem Deckel waren Blumen drauf. Die wäre vielleicht was für dich. Vater hat vor, den Maler Lind zu fragen. Aber der kann bloß Bretterzäune anstreichen. Blumen sind für den bestimmt zu schwierig."

Miranda errötete vor Eifer. „Für mich nicht. Glaubst du, daß ich es versuchen darf?"

„Komm morgen vorbei. Dann kannst du Vater fragen."

„Ich komme gleich nach der Schule.“

Miranda schlenderte planlos und glücklich durch die Stadt, genau wie früher zu Eselsbergzeiten, als sie nie Lust gehabt hatte, nach Hause zu gehen.

Endlich würde sie zeigen dürfen, daß sie malen konnte. In der neuen Schule hatte sie die Freude am Malen und Zeichnen fast ganz verloren. Im Zeichenunterricht war es schrecklich langweilig, und das, obwohl sie eine richtige Zeichenlehrerin hatten und einen speziellen Zeichensaal. Aber dort mußten sie Vasen zeichnen, Vasen und nichts als Vasen. Es gab einen ganzen Schrank voller verschiedener Vasen. Man brauchte sich bloß eine rauszuholen. Dieses ewige Vasenzeichnen hing Miranda schon zum Hals heraus. Und auf jede Vase mußte man die Fensterspiegelungen malen. Sie hatte es satt, Fenster zu malen, die sich in Vasen spiegelten.

Jetzt durfte sie vielleicht etwas malen, das einen Sinn hatte. Eine alte Truhe mit einem Deckel voller schöner Blumen. In Oberkirschberg gab es eine solche Truhe. Diese Truhe würde sie sich jetzt ganz genau anschauen. Dann würde sie das Blumenmuster abzeichnen und versuchen, die Truhe in der Schreinerei genauso schön hinzukriegen.

Als sie nach Hause radelte, merkte sie gar nicht, daß es regnete. Und die beiden, die ihr auf dem Weg entgegenkamen, sah sie auch kaum. Zwei Gestalten, die eng nebeneinander unter einem gemeinsamen Regenmantel gingen. Erst im letzten Moment erkannte sie, daß es Harry mit einem Mädchen war.

Miranda schnürte sich das Herz zusammen. Ein hübsches blondes Mädchen ging dort unter Harrys Regenmantel neben ihm her, und er hatte den Arm um sie gelegt. Miranda wandte den Kopf ab. Diesen schrecklichen Anblick ertrug sie nicht. Harry sollte nicht mit hübschen Mädchen im Arm durch die Gegend wandern. Harry war ihr Vetter. Er sollte Bauer auf Oberkirschberg werden und sie seine Bäuerin!

Daß einem das Herz so weh tun konnte! War es so, wenn man verliebt war? War sie etwa in Harry verliebt? Rasch radelte sie weiter. Der Regen strömte ihr über die Wangen. Oder waren es vielleicht Tränen?

Der Duft der Rose

Miranda war so beschäftigt, daß sie gar nicht merkte, als Lovisa kam. Sie kniete vor der großen Truhe in der Webstube und zeichnete. Lovisa stand lange in der Türöffnung und schaute ihr zu.

„Was machst du denn da, Miranda?“ fragte Lovisa schließlich. „Und du hast ja noch nichts gegessen!“

Miranda sah mit fröhlichem Gesicht auf. „Ich hab Arbeit bekommen, auf jeden Fall beinahe ...“

„Doch nicht bei Oskar? Du hast deine Schule, vergiß das nicht! Und was hat deine Arbeit mit dieser alten Truhe zu tun?“

„Ich zeichne das Muster ab. Ich werde Truhenmaler.“

„Klingt interessant. Und wo ist die Truhe, die du bemalen sollst?“

„Bei Albert in der Schreinerwerkstatt. Aber er weiß noch nichts davon.“

„Wovon weiß er nichts? Von der Truhe oder von deiner Malerei?“

„Die Truhe hat er repariert. Und jetzt soll sie bemalt werden. Und Albert kann nicht malen. Aber ich glaube, daß ich es kann. Bestimmt kann ich genauso schöne Rosen wie auf dieser Truhe malen, wenn ich bloß die richtigen Farben kriege.“

Lovisa sank auf einen Stuhl. Miranda sah sie erstaunt an.

„Was ist denn? Glaubst du etwa nicht, daß ich das kann? Oder geht es dir nicht gut?“

„Mir ist etwas eingefallen“, sagte Lovisa. „Etwas, woran ich all die Jahre nicht gedacht habe.“

„Ist es was Trauriges?“

„Im Gegenteil ... Weißt du, wer die Rosen auf dieser Truhe gemalt hat?“

Miranda legte ihre Zeichnung aus der Hand. Sie glaubte es zu wissen.

„Mein Vater?“

Lovisa nickte.

„Wie konntest du das vergessen? Seine anderen Zeichnungen hast du doch aufbewahrt?“

„Als er die Truhe bemalte, war ich nicht zu Hause“, erklärte Lovisa. „Ich war in Stockholm bei meinem Bruder, als Daniel auf unseren Hof kam, und als ich nach Hause kam, hatte er die Truhe bereits bemalt.

Sie stand im großen Saal, mit einem Tuch darüber. Die Bemalung der Truhe war der erste Auftrag, den dein Vater auf Oberkirschberg ausführte. Mutter hat erzählt, er sei eines Tages in die Küche gekommen und habe gefragt, ob es etwas zu malen gebe. Mutter wollte ihn schon weiterziehen lassen, als ihr die alte Truhe einfiel. Und dann malte er das schöne Rosenmuster. Danach erhielt er Arbeit im Wald. Und an die Truhe habe ich nie mehr gedacht. Mutter bewahrte ihre Tischdecken darin auf. Als Vater starb, stellte ich die Truhe in die Webstube und füllte sie mit Stoffresten für Flickenteppiche. Ich glaube, Mutter mochte Daniels Rosenmuster nicht. Sie fand es zu prächtig und deckte es daher mit einem Tuch zu."

„Ich finde das Muster schön", sagte Miranda. „Wie Rosen, aber doch nicht wie richtige Rosen."

„Das nennt man Bauernmalerei", sagte Lovisa. „Dein Vater hätte ein guter Bauernmaler werden können."

„So ein Maler will ich werden", sagte Miranda. „Bauernmalerei, das ist ein schönes Wort."

Lovisa stand auf und ging in die Küche, um Mirandas Essen aufzuwärmen.

„Wer hungert, kann nicht arbeiten", sagte sie. „Setz dich hin und iß etwas, dann können wir uns über deinen neuen Auftrag unterhalten."

„Ich hab ihn noch nicht gekriegt", sagte Miranda. „Morgen geh ich zu Albert und rede mit ihm darüber."

„Deine Leistungen in der Schule dürfen nicht darunter leiden“, sagte Lovisa. „Die Hausaufgaben gehen vor.“

„Ich kann sonntags malen.“

„Was glaubst du wohl, was Albert dazu sagt? In seinen Augen ist es Sünde, wenn man am Sonntag arbeitet.“

„Dann male ich eben jeden Nachmittag und vielleicht in der Mittagspause. Auf jeden Fall werde ich es schaffen.“

„Davon bin ich überzeugt“, sagte Lovisa lachend. „Du schaffst alles, was du willst.“

Miranda setzte sich an den Küchentisch. Es duftete herrlich aus dem Topf.

„Ich werde die Rosen so schön malen, daß man sie sogar riechen kann“, sagte sie.

Frau Bürgermeister höchstpersönlich

„Wirklich entzückend. Das Mädchen hat Talent.“

Eine ältere Dame stand neben Albert in der Schreinerwerkstatt und schaute Miranda bei der Arbeit zu.

„Ja, es ist gar nicht so schlecht“, bestätigte Albert. „Zunächst waren wir etwas unschlüssig, ob wir ihr die Truhe anvertrauen sollten. Eigentlich hatte Frau Levin sie einem Fachmann überlassen wollen. Doch dann sah sie Mirandas Entwürfe und ließ es auf einen Versuch ankommen. Jetzt ist sie sehr zufrieden.“

Miranda hatte vor der Truhe gekniet. Nun stand sie auf. Soeben hatte sie die letzte Rose fertiggemalt. Alles war nicht ganz so geworden, wie sie es sich vorgestellt hatte. Im Geiste sah sie genau vor sich, wie es sein sollte. Und dennoch wurde es anders.

„Das Muster habe ich mir nicht selbst ausgedacht", sagte sie. „Ich habe es von wo abgezeichnet. Es stammt von einem großen Künstler."

„Ich verstehe", sagte die Dame. „Aber ich bin davon überzeugt, daß du dir auch ein eigenes Muster ausdenken könntest."

„Man nennt das Bauernmalerei", sagte Miranda. „Es soll nicht so aussehen wie echte Blumen."

„Ich weiß", sagte die Dame, beugte sich über die Truhe und holte die eigenartigste Brille hervor, die Miranda je gesehen hatte. Die Brillengläser saßen an einem kleinen Stiel und ließen sich nicht auf der Nase befestigen. Miranda wurde ein bißchen bange. Mit dieser Brille würde die Dame bestimmt sämtliche Fehler sehen. Aber offensichtlich war die Brille doch nicht so gut.

„Entzückend", wiederholte die Dame und sah Albert an. „Ich habe einen hübschen kleinen Wandschrank aus dem achtzehnten Jahrhundert. Die Bemalung ist fast verschwunden. Vielleicht sollte ich es wagen ..."

„Ich weiß nicht", sagte Albert. „Das hier ist der erste Versuch. Ich kann nicht garantieren, daß es jedesmal so gut gelingt."

Die Dame steckte die Brille wieder in ihre Tasche.

Es war offensichtlich eine sehr feine Dame. Sie hatte einen schwarzen Seidenmantel an, und auf dem Kopf trug sie einen Hut mit einer schönen Feder. Ein herrlicher Duft nach Parfüm umgab sie. Es kam Miranda fast so vor, als würden die Rosen auf der Truhe anfangen zu duften. Die Dame lächelte Miranda an. Miranda wollte schrecklich gern den alten Schrank für die nette alte Dame bemalen. Hoffentlich hörte sie nicht auf Albert.

„Ich glaube an dieses Mädchen", sagte die Dame entschlossen. „Und sollte es schiefgehen, kann man die Truhe immer noch übermalen." Sie schaute Miranda an. „Willst du es versuchen?"

„Ja ... Ich werde es schaffen. Zuerst mache ich einen Entwurf, und dann müssen Sie mir sagen, ob er was taugt."

Jetzt lächelte die Dame übers ganze Gesicht. „Mein Name ist Fritse", sagte sie.

„Soll ich vorbeikommen und Ihren Schrank anschauen, Frau Fritse?" fragte Miranda.

„Tu das. Du kannst Herrn Söderman morgen begleiten. Er will sich einen Tisch anschauen, der repariert werden muß. Morgen um drei."

„Die Schule ist erst um drei aus", sagte Miranda. „Ich kann nicht früher weg."

„Dann kommst du eben nach der Schule", sagte Frau Fritse. „Herr Södermann kann dir erklären, wo ich wohne."

Und damit ging die Dame, aber der Parfümduft blieb noch eine Weile in der Luft hängen, bis der

Schreinereigeruch ihn wieder verdrängt hatte.

„Du bist mir ein Spaßvogel", sagte Albert zu Miranda. „Das war doch die Frau Bürgermeister. Zu der kannst du doch nicht Frau Fritse sagen!"

„Aber sie heißt doch so. Das hat sie selbst gesagt!"

„Und wenn du ihren Mann triffst, vergiß ja nicht, ihn Herrn Bürgermeister zu nennen und sag nie Herr Fritse."

„Ja, ich werd's mir merken. Und was war das für eine komische Brille?"

„Das ist eine Lorgnette. Unglaublich, daß sie dich den schönen Schrank bemalen läßt! Warte erst mal, bis du ihre Möbel gesehen hast. Lauter Antiquitäten. Wie in einem Schloß. Kein Möbelstück ist jünger als hundert Jahre. Geh ja vorsichtig mit diesem Schrank um!"

„Keine Sorge. Der Schrank wird noch schöner als die Truhe."

„Ach ja, dafür muß ich dich noch bezahlen", sagte Albert und holte seine Brieftasche heraus. „Was sagst du zu fünfzig Kronen?"

Miranda starrte ihn erschrocken an.

„Du bist ja verrückt! Das ist zuviel. So viel Geld sind meine Rosen nicht wert."

„Nächstes Mal mußt du für diesen Preis vielleicht auch noch die alte Farbe abbeizen."

„Das ist das Anstrengendste an der Sache", sagte Miranda. „Spaß macht nur das Malen."

„Dafür braucht man aber Begabung. Und die hast du offensichtlich", meinte Albert.

Jetzt mußte Miranda schleunigst nach Hause. Lovisa machte sich immer Sorgen, wenn sie sich verspätete.

Auf dem Hof kam ihr Otto entgegen. „Du siehst ja mächtig aufgekratzt aus", stellte er fest.

„Hab einen neuen Auftrag gekriegt. Bald kann ich in eure Firma eintreten. Ihr braucht noch einen Maler. Dann müßt ihr die Firma umtaufen. Euer A und O reichen nicht, mein Buchstabe gehört auch noch dazu. Schreib noch ein M hinzu."

„Das könnte dir so passen!" rief Otto lachend.

Doch das hörte Miranda nicht mehr. Sie radelte schnell nach Hause. Sie konnte es kaum erwarten, Lovisa mitzuteilen, daß sie von nun an keine Geldsorgen mehr zu haben brauchten.

Miranda läßt nicht locker

Wie erwartet wohnte der Bürgermeister im schönsten Haus der Stadt. Im Bankpalast, einem großen weißen dreistöckigen Haus mit einer breiten Treppe. Miranda ging sachte die Treppe hinauf. Sogar das breite, blanke Geländer war prächtiger als in den anderen Häusern.

In der Schule hatte sie mit ihrem Besuch angegeben. Es war nur Pech, daß Gull ausgerechnet heute gefragt hatte, ob sie nachher zu ihr nach Hause kommen wollte. Aber diesmal hatte sie Wichtigeres vor.

3 4414-12

„Ich kann nicht, ich muß zum Bürgermeister."

Gull dachte, daß Miranda flunkerte. „Was machst du denn beim Bürgermeister?"

„Die Frau Bürgermeister hat gesagt, ich soll gleich nach der Schule zu ihnen kommen. Ich hab sie gestern getroffen."

„Du hast die Frau Bürgermeister getroffen? Wo denn?"

„Bei irgendwelchen Leuten. Und da hat sie mich eingeladen."

Gull schien ihr trotzdem nicht zu glauben. Als sie langsam heimwärts ging, drehte sie sich immer wieder um, um sich zu vergewissern, daß Miranda ihr Fahrrad nicht in Richtung Oberkirschberg lenkte.

Miranda zögerte eine Weile, bevor sie auf die Türklingel drückte. Bestimmt hatte die Frau Bürgermeister es inzwischen bereut. Vielleicht hatte sie nicht einmal Lust, sich den Entwurf anzuschauen, den Miranda sich ganz alleine ausgedacht hatte. Während der ganzen Mittagspause hatte sie auf einer Bank hinterm Schulhaus gesessen und gezeichnet. Ganz deutlich hatte sie ein Muster vor sich gesehen: Ein Stengel, der sich verzweigte und zu Blättern und bunten Blumen wurde, von den kleinsten blauen Augentrostblüten bis hin zu großen roten Rosen. Die einzelnen Blumen hatten verschiedene Formen. Das Ganze bildete eine Phantasieblume. Leider war es nur eine Bleistiftzeichnung. Vielleicht konnte sich die Frau Bürgermeister gar nicht vorstellen, wie schön diese Zeichnung farbig aussehen würde. Und vielleicht paßte das Muster auch nicht für den Wandschrank.

Es war die Frau Bürgermeister persönlich, die aufmachte. Sie lächelte, als sie Miranda sah.

„Schön, daß du gekommen bist, mein Kind. Bitte tritt ein. Du darfst dir den Schrank anschauen, aber es ist noch nicht ganz sicher, daß du ihn bemalen darfst. Mein Mann hat noch ein wenig Bedenken. Das ist keine einfache Aufgabe. Und du bist noch sehr jung ..."

„Aber ich habe mein Leben lang gezeichnet", sagte Miranda. Sie hatte nicht vor, so einfach aufzugeben. Plötzlich spürte sie, daß es ihr größter Herzenswunsch war, einen alten Schrank mit Blumen zu bemalen. Die Frau Bürgermeister führte sie durch ein großes, dunkles Eßzimmer und ein genauso großes Zimmer, dessen Wände voller Bücher waren. Alle feinen Leute schienen eine eigene Bibliothek zu haben. Dann kamen sie in ein kleineres Zimmer mit hellen, leichten Möbeln und einem weißen Klavier. Was für ein hübsches kleines Zimmer! Miranda blieb stehen und sah sich um. Ein Zimmer wie für eine Prinzessin.

„Das hier ist mein Zimmer", sagte die Frau Bürgermeister. „Und dort an der Wand hängt mein Schrank."

„Oh", flüsterte Miranda. „Genauso hatte ich ihn mir vorgestellt. Als ich den Entwurf machte, sah ich diesen Schrank vor mir."

„Hast du denn schon einen Entwurf gemacht?"

„Ja, in der Mittagspause. Er ist nur noch nicht ganz fertig. Ich hatte keine Farben dabei. Aber es müssen helle Farben sein, und der Schrank sollte weiß oder hellgrau sein."

„Früher war er elfenbeinweiß."

„Ein ganz helles Grau wäre schön", sagte Miranda. „Die Farben würden sich schön gegen das Grau abheben."

„Vielleicht hast du recht. Wir müssen den Schrank ablaugen lassen und ganz von Grund auf anfangen. Der Schrank ist sehr alt. Hier kommt mein Mann. Mal hören, was er meint."

Mirandas Knie gaben nach, und sie versank in einem tiefen Knicks. Ein Bürgermeister war in ihren Augen fast so bedeutend wie ein König. Und wie ein König sah er auch aus. Lang und weißhaarig mit einem kleinen Schnurrbart. Er hatte ein strenges, ernstes Gesicht, doch als er Miranda sah, lächelte er.

„So, so, das hier ist also die kleine Künstlerin. Meine Frau hat mir von dir erzählt. Du bist bestimmt sehr tüchtig, aber für eine so schwierige Aufgabe doch wohl viel zu jung. Ein so altes Möbelstück ist sehr empfindlich, da kann man nicht einfach noch einmal von vorn anfangen, wenn der erste Versuch mißlingt."

„Ich traue es mir aber trotzdem zu. Vielleicht könnten Sie es mich auf einem gewöhnlichen Holzbrett versuchen lassen, Herr Bürgermeister? Albert gibt mir sicher ein Brett."

„Das Mädchen sollte einen Versuch machen dürfen", sagte die Frau Bürgermeister. „Laß uns wenigstens ihren Vorschlag ansehen. Zeig doch mal deine Zeichnung, Miranda."

Miranda holte ihren Entwurf aus der Schultasche.

„Solche Blumen gibt es in Wirklichkeit natürlich nicht", erklärte sie.

Der Bürgermeister nahm ihre Zeichnung in die Hand und schaute die Phantasieblume zusammen mit seiner Frau lange an.

„Tatsächlich nicht schlecht", sagte er schließlich.

„Ich finde es ganz entzückend", meinte die Frau Bürgermeister. „Könntest du das wohl mit Wasserfarben ausmalen, damit wir uns das Ganze besser vorstellen können?"

„Ja, gern. Ein Künstler, den ich kenne, hat mir schöne Farben geschenkt. Er hat mir viel beigebracht."

Der Bürgermeister gab ihr die Zeichnung zurück. „Schau vorbei, wenn du es fertig hast, dann sehen wir weiter", sagte er.

„Ich komme am Samstag nach der Schule."

„Wir sind gespannt", sagte die Frau Bürgermeister.

Sie nahm eine Konfektschale vom Tisch und bot Miranda daraus an. „Nimm dir gleich mehrere, damit du was für den Heimweg hast. Dann bis bald!"

Miranda tanzte die Treppe hinunter. Sie würde es schaffen. Sie würde das schönste Blumenmuster malen, das der Bürgermeister und seine Frau je gesehen hatten.

Aber vorher mußte sie noch etwas für Lovisa erledigen.

Das muß doch Liebe sein, oder?

Es war ein komisches Gefühl, in die kleine dunkle Werkstatt des Schuhmachers einzutreten, nachdem man kurz zuvor in der schönen, hellen Wohnung des Bürgermeisters gewesen war. Miranda hatte versprochen, ein Paar Schuhe für Lovisa abzuholen. Vor dem Schuhmacher hatte sie ein wenig Angst. Er galt als bösartig und wurde „Max mit dem Fuß" genannt, weil er einen Klumpfuß hatte. Vielleicht war das der Grund, warum er Schuhmacher geworden war – sein Klumpfuß brauchte nämlich einen ganz speziellen Schuh, und den konnte er jetzt selbst anfertigen.

Er sah Miranda finster an, sagte aber nichts, weil sein Mund voller Holznägel war.

„Ich möchte die Schuhe für Lovisa von Oberkirschberg abholen", sagte Miranda und versuchte, sich an die Dunkelheit in der Werkstatt zu gewöhnen.

Max spuckte die Nägel aus, stand auf und nahm Lovisas Schuhe aus einem Regal. Sie sahen blank und schön aus, er fuhr aber trotzdem mit der Bürste darüber, bevor er sie in braunes Papier einwickelte.

„Lovisa kommt nächste Woche zum Bezahlen vorbei", sagte Miranda. „Sie wollte mir das Geld nicht in die Schule mitgeben."

„Lovisa hat Kredit", brummte Max. „Sie kann auch mit Eiern bezahlen."

Miranda wollte sich schon mit dem braunen Paket unter dem Arm auf den Weg machen, als Max ihr einen finsteren Blick zuwarf. Ja, er sah geradezu wütend aus.

„Du bist doch die Kleine vom Eselsberg, oder?" fragte er. „Ich habe dich mit deiner Mutter gesehen, mit dieser Elvira."

„Ja, aber ..."

„Und dein Bruder heißt Otto?"

„Stimmt ..."

„Dann richte diesem Tunichtgut aus, er soll sich gefälligst nicht mehr hier blicken lassen."

„Hat er was angestellt?"

„Was heißt da angestellt? Er rennt hinter meiner Tochter her. Und das soll er tunlichst bleiben lassen. Richte ihm das aus!"

Miranda war sprachlos. Sie wußte, wer die Tochter von „Max mit dem Fuß" war. Ein hübsches Mädchen in der Fünften. War es möglich, daß Otto sich für Mädchen interessierte? Und daß Mädchen sich für Otto interessierten?

Max setzte sich wieder hin. Er schaute noch immer wütend drein. „Ich hab den Bengel schon mehr als einmal verjagt, als er sich hier vor dem Haus herumdrückte. Beim nächsten Mal setzt es Hiebe. Mit Leuten vom Eselsberg wollen wir nichts zu tun haben."

„Die Leute auf dem Eselsberg sind genausogut wie alle anderen!" widersprach Miranda.

„Manche vielleicht. Aber Pack gibt's dort oben auch mehr als genug. Und dein Bruder gehört nicht gerade zu der besten Sorte, das kannst du dir hinter die Ohren schreiben. Ein echter Hallodri, das ist er!"

Da wurde Miranda zornig. „Mein Bruder ist kein Hallodri!" widersprach sie. „Er ist in Ordnung!"

„Aber nicht gut genug für meine Tochter."

„Er ist ein tüchtiger Schreiner", sagte Miranda. „Er arbeitet und geht in die Berufsschule."

„Wer will so einen schon einstellen?"

„Sein Vater. Sein Vater und Otto haben eine Schreinerwerkstatt. Otto ist tüchtig. Sie können Albert fragen."

„Der Schreiner ... Ist das etwa Ottos Vater?"

„Ja, und er heißt Albert Söderman. Otto heißt jetzt auch Söderman."

„Von mir aus kann er heißen, wie er will, aber hier hat er nichts verloren. Richte ihm das aus."

Max steckte sich wieder Holznägel in den Mund. Jetzt hatte er ja alles gesagt, was es zu sagen gab. Und Miranda zog mit ihrem Paket davon.

Sie würde Otto nichts davon sagen. Es war ihr doch egal, was so ein dämlicher alter Kerl daherbrummte. Das wirklich Aufregende an der Sache war nur, daß Otto verliebt war. Denn wenn jemand sich vor einer Schuhmacherwerkstatt herumtreibt, um ein Mädchen sehen zu dürfen, dann mußte das doch Liebe sein, oder?

Rate mal, wer kommt

Welch ein Glück! Der Herbsttag war düster und windig, und der Weg voller Regenpfützen, doch das machte nichts. Miranda radelte mit solchem Tempo, daß ihr das Wasser um die Füße spritzte. Sie mußte schnell heim und Lovisa alles berichten.

Lovisa wartete schon in der Küche auf sie. Im Herd brannte Feuer, und es roch gut nach Essen. Erst jetzt merkte Miranda, wie hungrig sie war. Heute war sie nicht gleich nach der Schule nach Hause gefahren.

„Na, wie ist es gegangen?“ erkundigte sich Lovisa. „Du brauchst gar nichts zu sagen. Ich seh es deinen Augen an.“

Miranda warf ihren Schulranzen aufs Küchensofa.

„Es hat geklappt. Meine Blumen haben ihnen gefallen. Ich krieg den Auftrag.“

Lovisa umarmte sie. „Das habe ich gewußt“, sagte sie. „Dein Entwurf ist sehr schön. Könntest du nicht auch etwas für mich malen?“

„Klar mach ich das. Alles, was du willst, mal ich dir. Aber zuerst kommt der Schrank des Bürgermeisters dran. Die größte Rose lassen wir weg. Ich habe selbst gesehen, daß es ohne sie schöner wird. Sie war zu klobig. Oh, jetzt habe ich aber Hunger!“

Lovisa stellte das Essen auf den Tisch: Kartoffelwurst! Miranda rümpfte die Nase. Lovisa lachte.

„Mach kein so hochnäsiges Gesicht, mein Fräulein. Das ist eine gute Wurst."

„Ja, wenn keine Kartoffeln drin wären", sagte Miranda.

„Und dabei schmecken Kartoffeln doch so gut. Aber heute abend gibt's was Leckeres. Wir erwarten nämlich Besuch."

Miranda freute sich kein bißchen. „Der Holzhakker und seine Kinder", sagte sie gelangweilt.

„Nein ..."

Miranda bekam rote Backen und spürte ein Kribbeln in der Herzgegend.

„Dein Bruder", rätselte sie. „Harrys Familie."

„Die auch nicht ..."

Miranda schwieg enttäuscht. Seit sie neulich Harry mit dem blonden Mädchen im Regen gesehen hatte, hatte sie ihn nicht mehr getroffen. Auch in der Schule hatte sie sich nicht mehr mit ihm unterhalten. Seit er angefangen hatte, mit Mädchen herumzuziehen, war er nicht mehr derselbe.

„Willst du nicht weiterraten?" fragte Lovisa. „Interessierst du dich denn gar nicht für unsere Gäste?"

„Will Emma vielleicht deine Arbeit am Webstuhl anschauen?" fragte Miranda.

„Auch nicht. Heute bist du aber gar nicht gut in Form!"

„Mama kann es doch wohl nicht sein?"

„O nein, die hat bestimmt keine Lust, uns zu besuchen. Übrigens – solltest du nicht irgendwann in nächster Zeit bei ihr reinschauen?"

„Vielleicht morgen, da hab ich ja frei. Jetzt weiß ich, wer kommt – Albert."

„Stimmt. Albert und Otto. Ich bin Albert heute in der Stadt begegnet und habe ihn eingeladen. Albert freut sich, wenn er mal kein Abendessen machen muß."

„Bin ja gespannt, ob Otto mitkommt. Der hat an einem Samstagabend bestimmt was anderes vor."

„Auf jeden Fall ist er willkommen", sagte Lovisa. „Es ist wichtig, daß ihr beide euch ab und zu mal seht."

„Otto interessiert sich kein bißchen für mich. Wir sind ja eigentlich gar nicht verwandt. Mit Harry bin ich mehr verwandt."

Miranda nahm noch eine Kartoffelwurst. „Wenn man nicht wüßte, daß Kartoffeln drin sind, würde sie einem schmecken."

„Du hast manchmal ganz schöne Vorurteile", sagte Lovisa. „Du verurteilst Leute, von denen du gar nichts weißt."

„So, tu ich das? Wen denn, zum Beispiel?"

„Anders – den du immer den ‚Holzhacker' nennst. Er ist ein fleißiger, tüchtiger Bauer. Mit Holzhacken verbringt er die wenigste Zeit."

„Ich hab ihn noch nie was anderes tun sehen. Höchstens daß er auf deinem Küchensofa hockt und auf Kaffee wartet."

„Das war keine sehr nette Bemerkung. Ich möchte, daß du Anders kennenlernst."

„Warum denn?"

„Damit du ihn in Zukunft nicht mehr mit diesem herablassenden Tonfall ‚den Holzhacker' nennst."

„Bist du mir deswegen böse?"

„Nein, aber vielleicht ein bißchen traurig. Ich möchte, daß du meine Freunde magst."

„Lade ihn doch heute abend ein, dann lerne ich ihn vielleicht kennen. Ich glaube, er und Albert passen gut zusammen. Irgendwie sind sich die beiden ähnlich."

„So, findest du?"

Lovisa lächelte nachdenklich. Dann stand sie auf. „Heute gibt's keinen Nachtisch. Du mußt ja für den Schmaus heute abend noch Platz haben. Erzähl, wie es beim Bürgermeister war. Wann fängst du mit dem Malen an?"

„Sobald der Schrank abgelaugt ist. Die alte Farbe muß vollständig abgebeizt werden. Aber das macht jemand anderes. Die Grundfarbe muß ich wahrscheinlich auch nicht selbst auftragen, du weißt, dieses ganz helle Grau. Das macht ein gewöhnlicher Maler. Ich brauche bloß die Blumen zu malen. Das Künstlerische, wie die Bürgermeisterin sagt. Jeden Tag nach der Schule soll ich zu ihnen kommen."

„Hauptsache, du vergißt nicht, deine Hausaufgaben zu machen", sagte Lovisa.

„Keine Angst. Das mit dem Schrank eilt überhaupt nicht. Übrigens kann ich auch in der Mittagspause meine Hausaufgaben erledigen."

„Die Schule geht vor", sagte Lovisa. „Das Malen kommt erst an zweiter Stelle."

„Aber heute habe ich keine Hausaufgaben“, sagte Miranda. „Heute kriegen wir Besuch. Hoffentlich kommt Otto mit. Ich hab ihm eine Menge zu erzählen.“

Dein Vater kann einem wirklich leid tun

Lovisas Gäste waren ausgesprochen feine Herrschaften. Sie kamen im Lastwagen der Schreinerfirma angefahren. Als Miranda das Tor aufmachte, sah sie, daß drei Personen auf dem Vordersitz saßen. Zwischen Albert und Otto saß ein Mädchen. Vor der Haustreppe hielt das Auto an. Lovisa trat heraus, um sie zu begrüßen.

„Na, so ein vornehmer Besuch“, sagte sie lachend. „Herzlich willkommen.“

Albert stieg als erster aus. Dann nahm er das Mädchen und hob es herunter. Otto sprang an der anderen Seite heraus. Miranda erkannte ihn kaum wieder. Mittelscheitel, blaues Hemd und schwarze lange Hosen.

„Hoffentlich habt ihr nichts dagegen, daß wir noch einen Gast mitgebracht haben“, sagte Albert. „Sonst wäre Otto nämlich nicht mitgekommen.“

„Ihr seid alle miteinander willkommen“, sagte Lovisa.

Sie gab dem Mädchen die Hand. Das Mädchen

machte ein verängstigtes Gesicht und stellte sich hinter Otto. Albert gab sowohl Lovisa als auch Miranda die Hand. Otto war mit dem Mädchen beschäftigt und begrüßte niemanden.

Dann gingen sie ins Haus. Lovisa und Miranda hatten im Saal gedeckt – das Sonntagsgeschirr auf frisch gemangelter weißer Tischdecke. Es gab viele leckere Sachen. Eingelegte Heringe, kleine Omeletts, Fleischklößchen, Butter, Brot, Käse und Wurst. Fast wie an Weihnachten. Auf dem Tisch standen die großen Leuchter mit brennenden Kerzen.

Albert sah sich vergnügt um. „Was für eine Festtafel“, sagte er. „Das wird uns Junggesellen aber schmecken. Wir sind keine großen Köche.“

Besonders gesprächig waren die Gäste nun wirklich nicht. Otto flüsterte mit dem Mädchen, das den Mund nur aufmachte, um einen Bissen hineinzuschieben. Miranda wollte nichts sagen. So waren Lovisa und Albert die einzigen, die sich unterhielten. Miranda mußte Otto immer wieder anschauen. War es möglich, daß man sich änderte, nur weil man verliebt war? Er sah beinahe feierlich aus. Der Mittelscheitel stand ihm überhaupt nicht, aber im Laufe des Essens trocknete sein wassergekämmter Schopf und bildete nach und nach wieder die übliche Krause. Kleine Löckchen legten sich kreuz und quer über den straff gezogenen Scheitel, bis Otto fast wieder der alte war.

Nach dem Essen fragte Lovisa unschlüssig: „Was machen wir jetzt? Wie können wir unsere jungen

Gäste unterhalten? Sollen wir irgendein Spiel spielen?"

„Von mir aus gern", sagte Albert. „Aber ich kenne mich nicht so gut aus mit Spielen. Was schlagt ihr vor?"

„Ich hab ein Mensch-ärgere-dich-nicht-Spiel", sagte Lovisa.

Niemand schien sich davon besonders viel zu versprechen.

„Lieber ein Kartenspiel", schlug Otto vor. „Hast du Spielkarten?"

Das hätte er lieber nicht sagen sollen. Albert sah ihn streng an. „Du weißt, was ich vom Kartenspiel halte", sagte er.

„Ach ja, stimmt", sagte Otto. „Vater ist der Ansicht, daß Kartenspielen Sünde ist. Außer *Schwarzer Peter* und *Quartett.*"

„Ich hab ohnehin keine Karten", sagte Lovisa.

„Müssen wir denn unbedingt was spielen?" fragte Otto.

„Von mir aus nicht", meinte Albert. „Ich unterhalte mich lieber mit Lovisa. Ihr Kinder könnt ja im Garten spazierengehen."

„Aber es ist schon finster", sagte Miranda. „Wir können doch nicht in der Dunkelheit rumlaufen."

„Ich hab keine Angst vor der Dunkelheit", sagte Otto. „Edla auch nicht."

Er sah das Mädchen an, und sie sah Otto an und nickte, um zu zeigen, daß sie gern mit Otto in die Dunkelheit rausginge. Beide standen auf. Miranda erhob sich ebenfalls von ihrem Stuhl.

„Du brauchst nicht unbedingt mitzukommen", sagte Otto. „Du fürchtest dich doch vor der Dunkelheit."

Miranda setzte sich wieder hin. Wie immer gehörte sie nicht dazu. Albert und Lovisa wollten für sich sein. Otto wollte mit seiner Edla allein im Garten sein. Miranda hätte genausogut ins Bett gehen können.

„Dann mach ich erstmal den Abwasch", erklärte sie. „Ihr könnt ja solange das tun, was euch Spaß macht."

„Kommt nicht in Frage", protestierte Lovisa. „Wir wollen doch alle zusammen sein. Das ist doch der Sinn einer Einladung."

Aber Otto und Edla gingen bereits zur Tür. Bevor sie nach draußen verschwanden, drehte Otto sich um. „Etwas frische Luft tut immer gut", sagte er. „Komm mit, wenn du dich getraust, Miranda."

Aber Miranda wollte lieber drin bleiben und auf Albert und Lovisa aufpassen. Der Schreiner schaute ihre Mutter so liebevoll an – womöglich kam es ihm noch in den Sinn, ihr einen Heiratsantrag zu machen.

„Geh doch ein Weilchen mit den beiden in den Garten", sagte Lovisa. „Vielleicht findet ihr ein paar Äpfel im Gras."

Widerstrebend folgte Miranda Otto und Edla, die unterhalb der Treppe auf sie warteten. Draußen war es schön. Der Mond schien, die Luft war klar, aber frisch. Sie hätte den Mantel anziehen sollen. Otto hatte ein Jacke an und wärmte Edla, indem er ihr einen Arm um die Schultern legte. So wanderten sie im Mondschein zwischen den Obstbäumen umher.

„Schön ist es hier", sagte Otto. „Du hast es gut erwischt."

„Ja, weil ich meine richtige Mutter gefunden habe", sagte Miranda.

Endlich machte Edla den Mund auf. „So eine Geschichte! Kaum zu glauben. Wie konntest du deine Mutter so einfach verlassen? Ich meine, diejenige, die du von Anfang an gehabt hast ... Du gehörst doch mehr zu ihr. Wenn mir jemand sagen würde, daß meine Mutter nicht meine richtige Mutter ist, würde ich sie trotzdem niemals verlassen."

„Das habe ich bestimmt nicht. Sie hat es so gewollt – das heißt, meine erste Mutter."

„Willst du damit sagen, daß Mama dich rausgeworfen hat?" fragte Otto. „Das kann ich nicht glauben. Wenn ich daran denke, wie sie hinter ihren Kindern hergeheult hat."

„Da ist so manches passiert", sagte Miranda. „Das läßt sich nicht erklären ... aber Mama fand es besser, daß ich zu Lovisa ziehe. Sie hat es gewollt. Nicht ich."

„Wer's glaubt", sagte Otto. „Jetzt heult sie auf jeden Fall. Du mußt sie unbedingt besuchen."

„Ich werde sie bestimmt bald besuchen. Nur, wie soll ich ihr helfen? Sie mag mich ja gar nicht. Aber ihr zwei, ihr müßt vorsichtig sein ..."

4 4414-12

„Warum? Wegen Mama?“ fragte Otto. „Was kann sie uns schon anhaben.“

„Nicht wegen Mama. Nein, wegen Edlas Vater. Ich war bei ihm, und er hat mir schlimme Sachen gesagt. Eines schönen Tages versohlt er euch. Zumindest Otto. Es paßt ihm nicht, daß ihr zusammen seid.“

„Ich weiß“, sagte Edla. „Aber das ist mir egal. Vater ist immer so gemein. Er gönnt mir überhaupt nichts.“

„Vielleicht macht er sich Sorgen um dich. Er findet, daß Otto ein Tunichtgut ist. Weiß er, daß ihr heute abend hier seid? Vielleicht kommt er her, um euch zu versohlen.“

„Er hat keine Ahnung. Er glaubt, ich bin bei einer Schulfreundin.“

„Er braucht doch bloß hinzugehen und nachzuschauen.“

„Er geht nirgends hin. Nicht mit diesem Fuß“, sagte Edla. „Daher kann er uns auch gar nichts anhaben. Hauptsache, er sieht uns nicht.“

„Dein Vater kann einem leid tun“, sagte Miranda.

„Und unsere Mutter auch“, fügte Otto hinzu.

„Morgen geh ich hin“, versprach Miranda. „Vielleicht muß einem Edlas Vater doch noch mehr leid tun.“

Du kriegst die Kammer

Miranda schob das Fahrrad den steilen Weg zum Eselsberg hinauf. Es kam ihr vor, als wäre es viele Jahre her, seit sie zuletzt hier gewesen war. Damals war es fast Sommer gewesen. Jetzt war es schon Herbst. Zum Glück war ihr der Winter auf dem Eselsberg erspart geblieben. Der lange, ungeräumte Weg zur Schule. Der lange, steile Heimweg durch den Schnee. Das kalte Haus, das sie erwartete. Das Feuermachen im Herd und das Warten auf Mama, während die Kartoffeln kochten.

In Oberkirschberg zu wohnen war etwas ganz anderes. Hier kam sie in eine warme, gemütliche Küche heim, und das Essen stand bereits auf dem Tisch. Und dann Lovisa ... Sie brauchte nie zu befürchten, daß Lovisa wütend oder sauer war, das war das Wunderbare an ihr. Es gab nichts Schlimmeres als schlechtgelaunte Leute. Die verunsicherten einen. Man wußte nie, ob man etwas Verkehrtes gesagt oder getan hatte, und hatte immer ein schlechtes Gewissen.

Miranda lehnte das Fahrrad an den Zaun. Das Gartentor hing inzwischen noch schiefer in den Angeln. Bald würde es wohl ganz umfallen. Das Haus sah unbewohnt aus. Kein Rauch stieg aus dem Schornstein. Hinter dem Fenster bewegte sich nichts. Aber die Tür war nicht abgeschlossen. Miranda klopfte und trat ein, ohne auf Antwort zu warten.

Mama war daheim. Unfrisiert und halb angezogen saß sie am Tisch. Vor ihr standen eine Flasche und ein Glas.

„Hallo, Mama, wie geht's?“ sagte Miranda und versuchte, ihrer Stimme einen fröhlichen Klang zu verleihen.

„Aha, meine Tochter geruht, mich zu besuchen ... und nennt mich sogar Mama.“

Mirandas Herz krampfte sich zusammen. Es war schlimmer, als sie erwartet hatte. Mama war saurer denn je.

„Ich hab doch immer Mama zu dir gesagt.“

„Ja, bevor du ein feines Fräulein in Oberkirschberg geworden bist ...“

Miranda setzte sich Mama gegenüber hin. Sie schwieg und überlegte. Eigentlich war es seltsam, daß sie zu jemandem „Mama“ sagte, der gar nicht ihre Mutter war. Und ihre richtige Mama redete sie mit Lovisa an. Nur manchmal nannte sie sie „meine Mutter“. Zu Lovisa „Mama“ zu sagen wäre ihr unnatürlich vorgekommen.

„Warum sagst du nichts?“ fragte Mama. „Hat es dir die Sprache verschlagen?“

„Ich weiß nicht, was ich sagen soll ... Ich weiß nicht, warum du dich über mich ärgerst. Das macht mich so traurig.“

„Ja, traurig ist es wahrhaftig, da gebe ich dir recht. Hier sitze ich mutterseelenalleine ... ohne Kinder, obwohl ich zwei großgezogen habe. Was glaubst du wohl, was das für ein Gefühl ist, jeden Abend in ein leeres, kaltes Haus heimzukommen? Das kannst du natürlich nicht verstehen, du kommst ja jeden Tag nach Oberkirschberg. Mit dem Fahrrad ... Nicht einmal ein Fahrrad kann ich mir leisten. Wenn ihr Kinder bei mir geblieben wäret, hätten wir vielleicht zusammen Geld verdient. Wir hätten uns das eine oder andere leisten können. Aber kaum seid ihr groß genug, um mir helfen zu können, da haut ihr beide ab. Was glaubst du wohl, was das für ein Gefühl ist?"

Miranda sank in sich zusammen. Natürlich mußte Mama einem leid tun. Und natürlich waren Otto und sie undankbar gewesen, als sie Mama einfach allein gelassen hatten.

„Ich verdiene ein bißchen Geld", sagte Miranda. „Vielleicht kann ich dir helfen."

Mama nahm einen Schluck aus dem Glas. „So, so, du verdienst also Geld in dieser feinen Schule? Bezahlen die auch noch dafür, daß man dort in die Schule geht?"

„Nein, ich male ... Eine Truhe, die Albert und Otto repariert haben, hab ich mit Blumen bemalt. Und dafür hab ich Geld gekriegt. Und jetzt bemale ich einen Schrank beim Bürgermeister."

Erstaunt starrte Mama sie an. „Willst du etwa behaupten, daß du für dein Geklecksе Geld kriegst? Daß der Bürgermeister dir erlaubt, seinen Schrank vollzuschmieren?"

„Der Bürgermeister und seine Frau finden nicht,

daß ich schmiere. Das, was ich male, gefällt ihnen. Ich bin fast jeden Tag nach der Schule dort und bemale den Schrank. Sie sind mit meiner Arbeit zufrieden. Und manchmal laden sie mich ein, mit ihnen Tee zu trinken."

Jetzt sperrte Mama vor Staunen den Mund auf.

„Tee beim Bürgermeister! Nicht schlecht. Da mußt du natürlich in der Küche sitzen?"

Miranda konnte es sich nicht verkneifen, ein wenig anzugeben. „Ich darf mit dem Bürgermeister und seiner Frau im Salon sitzen. Manchmal ist ihr Sohn auch dabei. Das Hausmädchen rollt einen Wagen mit dem Teegeschirr und Kuchen herein. Die Zukkerschale und das Sahnekännchen sind aus Silber."

„Ich muß schon sagen ... Du hast es ganz schön weit gebracht", sagte Mama überwältigt. „Das armselige kleine Ding, das man mir in Pflege gegeben hat, verkehrt sowohl mit den Doktorsleuten als auch mit dem Bürgermeister. Kein Wunder, daß du deine alte Mama nicht mehr besuchen willst."

„Das will ich doch. Aber ich hab so wenig Zeit. Eigentlich habe ich fürs Malen auch keine Zeit. Aber es macht mir so viel Spaß. Vielleicht werde ich später nur Schränke und Truhen mit Blumen bemalen. Später, wenn ich groß bin."

„Herrje", sagte Mama. „Unglaublich, daß du mit deiner Malerei schon Geld verdienst. Wer hätte das gedacht!"

Sie streckte ihre Hand nach der Flasche aus. Miranda wollte sie daran hindern, wagte es aber nicht.

So wie jetzt war Mama früher nie gewesen. Noch nie hatte sie an einem Sonntagmorgen allein in der Küche gesessen und getrunken.

„Du solltest nicht so viel trinken", flüsterte Miranda. „Das ist nicht gut."

„Aha", schrie Mama. „Aha, meine Tochter kommt her, um mir Vorschriften zu machen. Kommt her und spielt sich auf. Was ich tue, geht dich einen Dreck an. Ich tu, was mir paßt!"

„Das weiß ich. Ich will dir doch bloß helfen."

„Womit denn?"

„Mit allem, was ich kann. Was du willst ..."

„Dann willst du vielleicht wieder herziehen? Das wäre die beste Hilfe. Wenn du herziehst, wird alles wieder gut. Wir könnten es so schön haben. Nur du und ich. Otto ist mir egal. Der gehört Albert ... Was sagst du dazu?"

Miranda saß mit gesenktem Kopf da. Sie bereute es, hergekommen zu sein. Mit Mama wurde sie einfach nicht fertig.

„Ich muß jetzt gehen", flüsterte sie.

Da begann Mama zu weinen.

„Geh nicht ... Du mußt bleiben. Ohne dich schaff ich es nicht ... Wenn du wieder herkommst, werf ich die Flasche weg, das versprech ich dir ..."

„Bitte, Mama ..."

„Du darfst auch in der Kammer schlafen, Ehrenwort. Und wir werden alles ganz wunderschön herrichten. Meine Kleine bleibt doch bei ihrer alten Mama ... nicht wahr?"

Mama meint es wirklich ernst

Jetzt kam Leben in die Bude. Wie schon so oft, war Mamas Stimmung plötzlich umgeschlagen. Inmitten von Tränen konnte sie plötzlich in Gelächter ausbrechen und ein paar Tanzschritte machen. Inzwischen stand die Kaffeekanne auf dem Herd, die Flasche und das Glas waren verschwunden, und an ihrer Stelle standen der Hefezopf, Kaffeetassen und Zucker auf dem Tisch.

Mama hatte ein Kleid angezogen und sich die Haare gekämmt. Sie summte vor sich hin, während sie darauf wartete, daß der Kaffee kochte.

„Mein Schatz", sagte sie. „Ich hab doch gewußt, daß alles wieder gut wird. Du bist bei mir zu Hause. Du und ich, wir haben uns doch immer gut verstanden. In deinem Inneren hast du das immer gewußt, nicht wahr?"

Völlig zerknirscht saß Miranda auf dem Küchensofa. Sie nickte stumm. Sie hatte keine Ahnung, wie es soweit gekommen war. Hatte sie tatsächlich versprochen, auf den Eselsberg zurückzuziehen? Was hatte sie eigentlich gesagt?

Es war schrecklich, Mama weinen zu sehen. Miranda hatte sie einfach trösten müssen. Und da hatte sie es gesagt, obwohl sie es gar nicht so gemeint hatte. Eigentlich hatte sie nur sagen wollen, daß sie Mama sehr oft besuchen würde. Wenn sie mit dem Schrank des Bürgermeisters fertig wäre, würde sie versuchen, jeden Tag zu kommen. Und sie würde beinahe jedes Wochenende bei Mama übernachten. Aber Mama hatte es auf ihre Art ausgelegt. Plötzlich schien alles ganz klar zu sein. Miranda würde wieder auf den Eselsberg ziehen. Sie brauchte bloß ihre Sachen zu holen.

„Das wird wunderbar“, sagte Mama lächelnd. „Keine Sorgen mehr. Das, was ich in der Badeanstalt verdiene, reicht gut für uns beide. Dann brauchst du auch nicht mehr bei den Leuten rumzurennen und ihre alten Möbel anzupinseln.“

„Aber das will ich doch“, flüsterte Miranda.

„Du hast deine Schule“, sagte Mama. „Denn du wirst natürlich weiterhin in diese vornehme Schule gehen, oder?“

„Können wir uns das leisten? Das kostet doch Geld.“

Mama wurde ernst. Daran hatte sie nicht gedacht. „Eigentlich kannst du genausogut in die Volksschule gehen. Für Otto war die schließlich auch gut genug. Und in der Berufsschule kriegst du eine gute Ausbildung. In dieser vornehmen Schule wirst du sowieso nichts. Da lernst du bloß eine Menge unnützes Zeug.“

„Es ist nicht unnütz, viel zu wissen. Ich möchte Sprachen lernen.“

„Das, was du damals angebracht hast: *Ora et labora* ... Was hat man von solchen Sprüchen?“

„Das war ja nur zur Übung. Und mit irgendwas muß man anfangen."

„Bete und arbeite ... und mit so was soll man sich den Kopf vollstopfen. Das ist natürlich was für uns Arme. Wir sollen uns ja nicht amüsieren – nur beten und arbeiten!"

Miranda liefen die Tränen über die Wangen. Sie hatte noch nie mit Mama reden können, ohne daß alles verdreht wurde. Doch jetzt war Mama wieder versöhnt.

„Ach was, mein Schätzchen. Entschuldige, daß ich so dumm daherrede. Ich mach ja bloß Spaß, das weißt du doch. Natürlich sollst du eine Menge lernen, wenn du das so gerne willst. Lovisa wird es eben weiterhin bezahlen müssen, nachdem sie dich schon mal in diese vornehme Schule gesteckt hat. Das ist ihre Sache."

„Ich muß erst mit Lovisa sprechen", sagte Miranda. „Bestimmt ist sie dagegen, daß ich herziehe."

„Das hat sie nicht zu bestimmen. Du bist groß genug, um selbst zu entscheiden. Und du willst ja wieder bei deiner Mama wohnen. Weißt du noch, wie schön wir es hatten? Wenn ich von der Arbeit kam, wartete ein gedeckter Tisch. Im Herd brannte Feuer, die Kartoffeln waren aufgestellt. Weißt du noch, wie gemütlich das war?"

Ja, Miranda erinnerte sich. Allerdings an keine Gemütlichkeit. Sie erinnerte sich an das kalte Haus und den lästigen Herd. Daran, wie lange es gedauert hatte, bis das Feuer endlich brannte, und sie die Kartoffeln aufstellen konnte, und wie lange sie auf Mama hatte warten müssen. Manchmal hatte Mama vergessen, Essen einzukaufen, vor allem dann, als sie Hilmer kennengelernt hatte.

„Wo ist Hilmer?" fragte Miranda plötzlich. „Sollte der nicht hier bei dir wohnen?"

Mamas Gesicht verfinsterte sich. „Sprich nicht von diesem Trottel", fauchte sie. „Der soll mir nur nicht mehr unter die Augen kommen. Dieser Schürzenjäger. Bin froh, daß ich ihn los bin."

Miranda schwieg. So war es immer mit Mama. Alle, für die sie sich irgendwann mal interessiert hatte, wurden plötzlich zu Trotteln und Langweilern.

„Hast du Otto gesehen?" fragte Mama.

Sie nahm die Kaffeekanne und setzte sich an den Tisch.

„Gestern hab ich ihn bei Lovisa getroffen."

„So, so, Otto ist bei Lovisa zu Gast. Aber seine eigene Mutter besucht er nicht. Wie geht es ihm?"

„Gut. Er war ordentlich frisiert, mit Mittelscheitel, und hatte ein Mädchen dabei."

„Was soll das heißen, ein Mädchen?"

„Er ist in eine verliebt, die heißt Edla. Die Tochter vom Schuhmacher."

„Diese schwarzhaarige Göre. So, so, ‚Max mit dem Fuß' läßt es zu, daß sein Mädel mit Jungs herumzieht. Und dabei heißt es doch immer, er würde sie so streng halten."

„Er erlaubt es ja gar nicht. Er hat Otto eine Tracht Prügel versprochen."

„Das soll er lieber bleiben lassen ... Aha, Otto rennt also bereits hinter den Mädels her."

„Er ist sehr verliebt, hat den Arm um sie gelegt, als er abends in Lovisas Garten mit ihr spazierenging."

„Warum ausgerechnet dort?"

„Lovisa hatte ihn eingeladen."

„Waren noch mehr Leute da?"

„Nur Albert und Otto und dieses Mädchen. Es war eine sehr schöne Einladung."

„Kann ich mir vorstellen. Jemand wie Lovisa kann es sich leisten, sich einzuschmeicheln. Den Albert läßt sie nicht los. Aber der will sie bestimmt nicht haben. So eine hölzerne alte Jungfer."

„Ich glaube, Albert mag Lovisa."

Plötzlich fing Mama an zu weinen.

„Alle haben jemand ... Nur ich bin ganz allein. Kein Mensch kümmert sich um mich."

„Doch, ich."

„Du tust doch bloß so, das weiß ich genau. Aber du hast es versprochen. Und im Frühjahr brauche ich deine Hilfe."

„Warum im Frühjahr?"

„Das will ich dir sagen ... Ich erwarte ein Kind."

Miranda erstarrte. Hatte sie richtig verstanden? Sie wollte es nicht verstehen, weil es unter keinen Umständen wahr sein durfte. Sie starrte Mama an und wartete darauf, daß Mama lachend sagen würde, sie habe bloß Spaß gemacht. Aber Mama lachte nicht.

„Ist mir lieber, daß du's jetzt erfährst, bevor man es sieht. Glotz mich nicht so an! Kinderkriegen ist was

ganz Normales. Aber ich will nicht allein sein."
„Was ist mit Hilmer ..."
„Von dem will ich nichts wissen, hab ich gesagt. Auf den ist kein Verlaß. Er ist einfach abgehauen."
„Weiß er es?"
„Er weiß nichts. Und ich werd's ihm auch nicht sagen. Hab schon früher Kinder allein großgezogen. Diesmal werd ich's auch schaffen. Und außerdem habe ich ja dich ..."
Miranda rührte den Kaffee nicht an und brachte auch keinen Bissen vom Hefezopf hinunter. Nach einer Weile stand sie auf.
„Ich muß jetzt nach Hause. Vielleicht geh ich zum Bürgermeister, um den Schrank zu bemalen. Und Rechenaufgaben muß ich auch noch machen."
Obwohl der Heimweg mehr oder weniger bergab ging, kam Miranda auf ihrem Fahrrad nur langsam voran. Sie merkte auch nicht, daß ihr die Tränen über die Wangen liefen.

Die Sache ist verjährt

„Kommt nicht in Frage ..." Lovisa schmetterte die Teller auf den Küchentisch. Bisher hatte Miranda sie noch nie so wütend gesehen. Lovisa sprühte geradezu vor Zorn.
„Aber ich hab's versprochen ..."
„Unsinn. Es ist ein für allemal ausgemacht, daß du

bei mir wohnst. Du bist mein Kind, und wir gehören zusammen. Ich laß dich nicht gehen."

„Was soll ich nur tun?" jammerte Miranda. „Sie hat sich so darüber gefreut, daß ich wieder zu ihr ziehe. Sonst weint sie bloß und trinkt ..."

„Morgen geh ich aufs Pfarramt", sagte Lovisa.

„Wozu?"

„Ich laß ins Kirchenbuch eintragen, daß du meine Tochter bist. Du sollst meinen Namen tragen und bei mir wohnen. Ich versteh gar nicht, daß ich das nicht schon längst erledigt habe ... Setz dich, Kind, und mach kein so verzagtes Gesicht. Du brauchst dir keine Sorgen zu machen. Ich werde alles regeln."

Miranda sank auf einen Stuhl am Küchentisch und wartete, bis Lovisa das Essen brachte. Beide schwiegen während des Essens. Miranda hatte sich wieder beruhigt. Aber traurig war sie doch. Die arme Mama. Wie sollte sie nur alleine mit allem fertigwerden? Und was würde der Pfarrer sagen, wenn Lovisa die seltsame Geschichte von einem Kind erzählte, das vor langer Zeit fortgegeben worden war und bei einer Ziehmutter aufgewachsen war?

„Kann man dafür bestraft werden, daß man dem Pfarrer die Unwahrheit gesagt hat, damit er was Falsches einträgt?" fragte sie.

Lovisa legte Messer und Gabel hin und machte ein nachdenkliches Gesicht.

„Schon möglich", sagte sie. „Aber ich habe das Pfarramt nicht belogen. Mich kann niemand bestrafen. Meine Mutter ist die Schuldige, und die ist tot.

Aber sie hat es mir schriftlich gegeben, daß du meine Tochter bist."

„Aber meine Mama hat doch alles mitgemacht und auch noch dafür Geld genommen. Kann sie dafür bestraft werden? Womöglich muß sie ins Gefängnis?"

„Ich bin deine Mama", sagte Lovisa. „Und Elvira kommt nicht ins Gefängnis. Die Sache ist verjährt. Das heißt, daß seither mindestens zehn Jahre vergangen sind. Danach kann niemand mehr bestraft werden."

„Da ist noch etwas", sagte Miranda. „Sie kommt nicht allein mit dem Kind zurecht."

„Mit welchem Kind?"

„Mit dem Kind, das sie im Frühling bekommt."

Lovisa stand auf und begann die Teller abzuräumen. Lange war es ganz still in der Küche. Nur das Klirren des Porzellans und das Schwappen im Abwaschbottich waren zu hören. Miranda sah Lovisas langen, geraden Rücken an. Er wirkte so abweisend, als wäre alles Mirandas Schuld.

„Was ist?" flüsterte Miranda. „Bist du mir böse?"

Lovisa drehte sich um. Miranda konnte ihren Gesichtsausdruck nicht deuten. Sie sah streng und entschieden aus. Doch dann lächelte sie.

„Kindchen", sagte sie. „Warum sollte ich dir böse sein? Nein, du tust mir nur leid. Und ich ertrage es nicht, daß jemand versucht, dich auszunützen. Da würde ich am liebsten um mich schlagen. Elvira hat sich ausgerechnet, daß du dich um das Kind kümmern wirst, begreifst du das nicht? Du bist doch so ein tüchtiges Kindermädchen. Denk an Oskar. Aber du bist ein Schulmädchen und hast genügend Pflichten. Außerdem hast du deine Malerei. Du kannst dieses Baby besuchen, soviel du willst. Aber sein Kindermädchen wirst du nicht, das lasse ich nicht zu. Und mach dir keine Sorgen um Elvira. Ich werde mit ihr reden und ihr auch beistehen, wenn es nötig sein sollte. Du hast mit der ganzen Angelegenheit nichts zu tun. Setz dich jetzt an deine Hausaufgaben und denk nicht mehr daran. Damit müssen wir Erwachsenen fertig werden. Elvira hat einmal für mein Kind gesorgt, und jetzt werde ich versuchen, ihr mit ihrem eigenen zu helfen."

Miranda stand auf. Soviel hatte sie Lovisa noch nie reden hören. Es war eine Erleichterung, daß sie sich um Mama und das Kind keine Sorgen mehr zu machen brauchte. Aber vergessen konnte sie das alles nicht. Und eigene Probleme hatte sie schließlich auch noch.

„Ich bin so schlecht in Mathe. Bestimmt bin ich die Schlechteste in der Klasse. Ich verstehe Fräulein Radberg nicht. Sie ist lieb, aber sie erklärt alles so komisch. Bei Herrn Bengtsson war das anders, wenn der etwas erklärte, wurde es ganz einfach."

„Dann werden wir mit Herrn Bengtsson reden", meinte Lovisa. „Er hat ja versprochen, dir zu helfen, wenn etwas schiefgehen sollte. Ich werde ihn anrufen."

„Vielleicht ist er noch nicht gesund. Nach der Operation ging es ihm doch so schlecht. Womöglich ist er gestorben?“ sagte Miranda besorgt.

„Sicher nicht. Das hätte in der Zeitung gestanden.“

„Vielleicht stand es gar nicht drin.“

„In dieser kleinen Stadt stirbt niemand, ohne daß die Leute es erfahren. Nächste Woche kriegst du bei Herrn Bengtsson Nachhilfeunterricht, dafür sorge ich.“

Miranda ging in ihr Zimmer und nahm ihre Rechenaufgaben in Angriff. Sie fühlte sich erleichtert und beinahe froh. Wer Lovisa als Mutter hatte, brauchte sich keine Sorgen zu machen.

Hilmer

Miranda kam vom Bürgermeister. Sie war reich und glücklich. In ihrer Tasche raschelten Geldscheine. Fünfundsiebzig Kronen hatte sie dafür bekommen, daß sie den Schrank bemalt hatte. Und außerdem noch viel Lob. Sowohl der Bürgermeister und seine Frau als auch ihr Sohn hatten Mirandas Werk bewundert und sich anerkennend über ihre Geschicklichkeit geäußert. Das Allerschönste aber hatte der Sohn gesagt: „Dieses Mädchen wird es zu etwas bringen. Sie hat das Zeug zu einer richtigen Künstlerin.“ Und dann hatte er sie mit seinen großen, dunklen Augen angeschaut.

Miranda hatte noch nie jemanden gesehen, der so schön war wie dieser Junge. Blaß, dunkel und

5 4414-12

schmal. Es hieß, er sei kränklich. Darum war er immer zu Hause. Miranda hätte so gern etwas Freundliches zu ihm gesagt. Jedesmal, wenn er vorbeigegangen war und ihre Arbeit angeschaut hatte, wollte sie etwas Nettes sagen. Aber sie war so gewesen wie immer – eine richtige Trantüte, wie Mama zu sagen pflegte. Nie im Leben würde sie so wie andere reden und lachen können – zumindest nicht in der Gegenwart von Fremden.

Sie bedauerte es sehr, daß der Schrank schon fertig war. In der Wohnung des Bürgermeisters hatte sie sich sehr wohl gefühlt. Die Stille und die freundliche Atmosphäre in dem schönen Haus hatten ihr gefallen. Es war, als würde die Sonne hereinscheinen, selbst wenn der Himmel grau war. Vielleicht durfte sie irgendwann zurückkommen. Die Frau Bürgermeister hatte davon gesprochen, daß auf dem Dachboden noch alte Sachen herumstünden, die sehr schön aussehen könnten, wenn man sie bemalte.

Aber jetzt gerade hatte Miranda keine Zeit für Arbeiten neben der Schule. Nächste Woche würde sie bei Herrn Bengtsson Rechenstunden kriegen, das hatte Lovisa mit ihm ausgemacht. Zweimal in der Woche, und dann würde das Rechnen bald kein Problem mehr für sie sein. Mit den anderen Fächern kam sie gut zurecht. Sprachen hingegen fielen ihr leicht, obwohl ihr Verhältnis zu den Buchstaben auch nicht ganz einfach war. In ihrem Kopf sahen sie ganz anders aus als auf dem Papier, sie irrten umher, als wüßten sie nicht, wohin. Seltsam, daß sie trotzdem so gut im Rechtschreiben war. Darüber mußte sie sich mit Herrn Bengtsson unterhalten.

Miranda hatte ihr Fahrrad bei Albert im Hof abgestellt. Jetzt wollte sie noch ein wenig in der Stadt Schaufenster angucken und überlegen, was sie als Geburtstagsgeschenk für Lovisa kaufen könnte. Am 17. November wurde Lovisa siebenunddreißig Jahre.

Es war ein wundervolles Gefühl, Schaufenster anzugucken und die Taschen voller Geld zu haben. Miranda ging von Geschäft zu Geschäft. Vom Goldschmied zum Bäcker, vom Schreibwarenladen zum Schuhgeschäft. Und zu Eisenwarenhandlung ... Sie zögerte einen Augenblick. Mama hatte doch gesagt, daß Hilmer hier arbeitete. Dieser Trottel, auf den Mama so wütend war. Er müßte es doch erfahren ... Warum hatte Mama ihm nichts von dem Kind gesagt? Irgend jemand müßte es ihm erzählen.

Entschlossen öffnete sie die Tür. Hier drin war sie noch nie gewesen. Der Laden war voll von Werkzeugen, Spaten, Rechen und Beilen. Ein Mann unterhielt sich mit dem Eisenwarenhändler. Miranda blieb bei der Tür stehen. Der Eisenwarenhändler war ein älterer Herr. Das konnte nicht Hilmer sein. Die beiden Männer schienen sie nicht zu bemerken.

Plötzlich tauchte aus dem Ladeninneren ein jüngerer Mann auf. Mirandas Herz machte einen Satz. Das mußte Hilmer sein! Er war ziemlich klein, hatte eine spitze Nase, ein kantiges Kinn und krauses Haar. Seine hellen Augen funkelten vergnügt, als er Miranda anschaute.

„Was kann so ein kleines Fräulein denn für Wünsche haben?“ fragte er und lachte.

Er hatte lange, gelbe Zähne wie ein Pferd. Sein Lachen gefiel Miranda ganz und gar nicht. Er schien sich bei ihr einschmeicheln zu wollen, als ob sie erwachsen wäre.

„Ich will mich bloß mal umschauen“, sagte Miranda. „Ich suche ein Geburtstagsgeschenk. Aber ich glaube kaum, daß ich hier was Passendes finde. Es ist für meine Mutter.“

Er zeigte noch einmal seine gelben Zähne.

„Natürlich haben wir etwas für eine Dame. Komm ruhig näher. Was sagst du hierzu?“

Langsam näherte sich Miranda dem Ladentisch. Hilmer zog eine Schublade voller Scheren heraus und stellte sie vor Miranda hin. Unglaublich, wie viele verschiedene Arten von Scheren es gab. Miranda vergaß fast, was sie vorgehabt hatte. Rasch beschloß sie, Lovisa eine kleine Schere zu schenken.

„Die hier“, sagte sie. „Die nehme ich. Was kostet sie?“

„Zehn fünfundsiebzig“, sagte Hilmer. „Für dich genau zehn Kronen.“

Der Eisenwarenhändler warf ihm einen sauren Blick zu. Unaufgefordert sollte man den Kunden nicht entgegenkommen. Inzwischen hatte der andere Kunde sich auch entschieden. Er zog mit einer Mistgabel davon, und der Eisenwarenhändler zog sich in sein Büro zurück. Jetzt war Miranda mit Hilmer allein. Er wickelte die Schere in braunes Papier.

„Eigentlich müßte es Geschenkpapier sein", sagte Hilmer lächelnd. „Aber so was haben wir hier nicht."

Miranda reichte ihm einen Zehnkronenschein. Eigentlich hätte sie jetzt gehen müssen, sie blieb aber dennoch stehen.

„Darf es sonst noch was sein?" fragte Hilmer und lächelte noch breiter.

Sie verabscheute sein schmieriges Lächeln. Mama hatte recht. Bestimmt war er ein Schürzenjäger.

„Es ist wegen Mama", flüsterte Miranda.

Hilmer beugte sich über den Ladentisch.

„Was ist mit deiner Mama? Willst du ihr noch etwas schenken?"

„Meine andere Mama ..."

Da mußte Hilmer so sehr lächeln, daß man sein blaßrosa Zahnfleisch sah.

„Donnerwetter, zwei Mütter! Kriegen alle beide ein Geburtstagsgeschenk?"

Miranda umklammerte ihr Paket. Plötzlich hatte sie sich entschieden. Sie würde Hilmer nichts von dem Kind erzählen. Der taugte nicht als Vater. Er durfte nichts von dem Kind erfahren.

„Ich hab bloß Spaß gemacht", sagte sie und ging zur Tür.

„Komischer Spaß", meinte Hilmer und schob die Schublade mit den Scheren wieder an ihren Platz.

Miranda rannte fast davon. Nie mehr würde sie die Eisenwarenhandlung betreten. Und Hilmer wollte sie auch nie mehr sehen. Ein Glück, daß Mama mit ihm Schluß gemacht hatte.

Der Kasten

Miranda fühlte sich in der Schule nicht wohl – und das hatte nicht nur mit der Mathematik zu tun. Sie fühlte sich einsam. Früher hatte sie geglaubt, daß das am Eselsberg und an ihren häßlichen Kleidern lag. Aber inzwischen war sie Miranda von Oberkirschberg und genauso gut wie die anderen. Vielleicht war sie zu still. Ihr fielen nie irgendwelche witzigen Bemerkungen ein, die die anderen zum Lachen brachten.

Wenn sie wenigstens im Unterricht hätte glänzen können. Zum Beispiel beim Gedichtaufsagen, wie Tekla. Jedesmal, wenn im Unterricht ein Gedicht vorkam, mußte Tekla es vortragen. Sie sagte die Gedichte mit lauter, klangvoller Stimme auf und betonte sie immer an der richtigen Stelle. In Erdkunde durfte sie auch vorlesen.

Erdkunde hatten sie beim Rektor. Der Rektor hielt nicht viel vom Unterrichten und Hausaufgabenabfragen. Er behauptete, man könne alles genausogut lernen, wenn man jemandem beim Vorlesen über Städte und Länder zuhöre. Miranda lernte auf diese Weise überhaupt nichts, sie hörte nämlich nicht zu. Sie wollte es zwar, aber nach einer Weile schweiften ihre Gedanken immer ab.

Nicht einmal im Zeichenunterricht wurde Miranda gelobt. Sie hatte es reichlich satt, immer nur Vasen zu zeichnen, in denen sich Fenster spiegelten. Und mit dem Lineal zu zeichnen mochte sie auch nicht.

Nie hätte Miranda sich träumen lassen, daß sie sich ausgerechnet im Turnunterricht auszeichnen würde. Der Turnlehrer war so bildschön, daß viele Mädchen sich in ihn verliebten, obwohl er sie herumkommandierte, als wären sie Soldaten. Ach...tung! Links kehrt ... Rechts kehrt ... Abteilung vorwärts marsch! Miranda versuchte so gut wie möglich mitzuhalten. Ihr wurde leicht schwindlig, daher wagte sie nie, am Seil hochzuklettern. Und vom Schwebebalken fiel sie immer mal wieder runter. An der Sprossenwand rauf und runterzuklettern fiel ihr nicht schwer, und im Ballspiel war sie auch gut. Aber sie war noch nie von dem Turnlehrer gelobt worden.

Dann kam der Tag, an dem er sagte, jetzt seien sie reif für den Kasten. Davor hatten die Mädchen schon gezittert. Im Geräteraum hatten sie den Kasten ängstlich gemustert, eine langgestreckte Kiste mit Lederdeckel, die sich bis in erschreckende Höhen verstellen ließ. Diesen Kasten sollte man mit schön gespreizten Beinen überfliegen.

Heute stand der Kasten in angemessener Höhe in der Turnhalle. Der Leutnant zeigte, wie sie springen sollten. Erst ein langer Anlauf, danach ein geschmeidiger Absprung. Er stieß sich federnd mit den Händen am Kasten ab, flog elegant hinüber und landete ohne zu schwanken auf dem Boden. Ganz einfach sah das aus. Miranda traute sich das zu. Doch als sie sah, wie ein Mädchen nach dem anderen auf den Kasten losspurtete und verdutzt mittendrauf landete, begriff sie, wie schwierig es war.

Sie gehörte zu den letzten Springerinnen. In ihren Beinen verspürte sie ein Kribbeln – wie damals, als sie den Jungen beim Hochsprung zugeschaut hatte. Sie fühlte, daß sie es schaffen würde. Sie hatte Beine, die springen wollten.

Endlich war sie an der Reihe. Sie spuckte sich in die Hände, federte einmal auf und ab und sauste davon. Den Absprung schaffte sie im richtigen Abstand zum Kasten, dann flog sie in die Luft, berührte den Kastendeckel mit den Händen und war wie nichts gelandet. Es war, als hätte sie nie etwas anderes getan, als über den Kasten zu springen.

Durch die Turnhalle ging ein erstauntes Raunen, und der Lehrer strich Miranda über den Kopf.

„Sehr gut", sagte er. „Du bist die geborene Springerin."

Miranda lief an ihren Platz zurück. Der Erfolg machte sie ein wenig ängstlich. Womöglich konnte sie ihn nie wiederholen – und was dann? Dann würde es ihr so ergehen, wie die Deutschlehrerin sagte, wenn man nach einem Erfolg plötzlich wieder versagte: „Geht auf wie eine Sonne und unter wie ein Pfannkuchen."

Aber diese Sonne ging nicht unter. Miranda schaffte den nächsten Sprung und den nächsten ...

Sie war die geborene Springerin.

So ein eingebildeter Kerl!

Als Miranda nach Hause kam, wartete Besuch auf sie. Harry saß auf dem Küchensofa und unterhielt sich mit Lovisa.

„Hallo, Kusinchen“, sagte Harry. „Schon lange nicht mehr gesehen.“

Lovisa zog ihre Strickjacke an. „Ich muß zu Mattsons rüber und schauen, was Olga am Webstuhl macht. Sie stellt sich so ungeschickt an, nichts als Knoten und Wirrwarr. Bin gleich wieder da. Ihr müßt euch solange unterhalten.“

„Das kriegen wir schon hin“, sagte Harry.

Miranda hängte ihren Mantel im Küchenflur auf. Dann blieb sie eine Weile stehen. Sie wußte nicht, was sie Harry sagen sollte. Schließlich konnte sie nicht vergessen, wie er mit dem blonden Mädchen unter seinem Regenmantel gegangen war. Harry war falsch. Erst küßte er ein Mädchen im Wald und dann legte er einem anderen den Arm um die Schultern.

Sie trat in die Küche, blieb an der Tür stehen und sah Harry an.

„Komm her und setz dich zu mir“, forderte Harry sie auf.

Miranda setzte sich an den Küchentisch.

„Warum machst du so ein komisches Gesicht?“ fragte er. „Bist du sauer oder hast du womöglich

Angst vor deinem großen Vetter?"
„Ich bin gar nichts."
„Du bist sauer", sagte Harry. „Ich sehe es dir doch an. Für sauertöpfische Mädchen hab ich nichts übrig."
„Du brauchst auch gar nichts für mich übrig zu haben."
„Hab ich aber trotzdem. Komm her und setz dich neben mich, dann erzähl ich dir, wieviel ich für dich übrig habe."
„Komm doch selbst."
Er stand auf, setzte sich neben sie an den Tisch und zog den Stuhl ganz nahe an sie heran. Miranda rückte zur Seite.
„Hast du Angst vor mir?" fragte er. „So siehst du doch sonst nie aus."
„Jeder Mensch ändert sich im Lauf der Zeit. Du bist auch anders."
„Bin ich gar nicht. Nicht, wenn es um dich geht. Du hast irgendwas Komisches an dir."
„Das hast du schon gesagt."
„Hab ich nicht. Das Komische an dir ist, daß man soviel an dich denken muß."
„Ja, das ist natürlich lästig."
„Das habe ich nicht gesagt. Aber ich denke soviel an dich, daß ich extra herradeln muß, um dich zu sehen."
„Du kannst mich ja in der Schule während der Pause angucken. Aber das tust du nie."
„Du hast ja keine Ahnung, Miranda. Ich gucke

heimlich, wenn du es nicht merkst."

„Guckst du auch heimlich, wenn du mit einem Mädchen unter deinem Regenmantel herumspazierst?"

„Aha, ich verstehe."

„Was verstehst du?"

„Warum du sauer bist."

„Ich bin überhaupt nicht sauer."

„Du magst es nicht, daß ich andere Mädchen vor dem Regen beschütze."

„Das ist mir doch egal."

„Ist es nicht. Du willst, daß ich niemand außer dir unter meinem Regenmantel habe."

„Ich hab's nicht nötig, bei jemand anderem unterm Regenmantel herumzulaufen. Hab einen eigenen Regenmantel."

Er lachte sie vergnügt an. Sie bekam einen roten Kopf. Zu dumm, daß er alles sofort kapierte. Und eingebildet war er auch noch. Harrys oller Regenmantel war ihr doch egal.

„Glaub nur nicht, daß ich froh darüber bin, daß ich soviel an dich denken muß", sagte er. „Ich wäre viel lieber in ältere Mädchen verliebt. In irgendein hübsches blondes Mädchen mit Grübchen in den Backen. Ein Mädchen, das gut tanzen kann."

„So eines hast du ja schon gefunden."

Sie hatte sich so weit von ihm zurückgezogen, daß sie beinahe auf dem Fenstersims hockte. Eine Geranie kitzelte sie im Nacken.

„Ja, stimmt. Aber das hilft nichts. Ich muß trotzdem nur an dich denken. Versteh gar nicht, warum. Ich mag blonde Mädchen. Du bist nicht blond, und Grübchen hast du auch keine. Und tanzen kannst du ja auch nicht. Außerdem bist du ein Sauertopf. Ich verabscheue Mädchen, die ewig sauer sind. Du bist eine saure kleine Göre. Wenn du wenigstens lachen würdest ... Mit so einem Mund könntest du ein ordentliches Lachen ohne weiteres zustande bringen."

Da lachte Miranda. Sie lachte so sehr, daß ihr die Tränen in die Augen traten und ihr Kopf an die Geranie stieß. Harry sah sie verblüfft an.

„Worüber lachst du? Hab ich was Komisches gesagt?"

Es dauerte eine Weile, bis Miranda sich von dem Lachen erholt hatte. „Du bist kein bißchen komisch", sagte sie schließlich. „Das ist der Grund, warum ich lache."

„Wieso ist das ein Grund zum Lachen? Übrigens hab ich gar nicht vorgehabt, komisch zu sein. Ich sage nur, wie es ist."

„Ja, und darüber muß ich lachen. Ich bin das häßlichste Mädchen auf der Welt. Und das sagst du mir ganz unverblümt. Ich lache, um nicht zu weinen."

Und dann begann sie bitterlich zu weinen. Da nahm Harry ihr Gesicht in seine Hände und gab ihr einen Kuß mitten auf den Mund. Das war jetzt schon das zweite Mal, und es gefiel ihr genausogut wie beim ersten Mal.

Lovisa tauchte in der Türöffnung auf und machte ein erstauntes Gesicht.

„Was treibt ihr denn da?“ wollte sie wissen.

„Ich muß sie trösten“, erklärte Harry. „Ich hab ihr die Wahrheit gesagt, und die hat sie nicht verkraftet.“

„Er sagt, ich sei das häßlichste Mädchen, das er kennt“, sagte Miranda. „Deshalb habe ich geweint.“

„Aber Harry, wie kannst du nur?“ sagte Lovisa. „Miranda ist doch so hübsch, ja, beinahe schön.“

„Das ist sie nicht“, sagte Harry. „Sie hat aber was an sich, das ich nicht erklären kann. Und jetzt geh ich nach Hause.“

Damit ging er. Lovisa sah Miranda voller Mitgefühl an. „Mach dir nichts aus seinem Geschwätz. Aus Männern wird man einfach nicht schlau, egal, ob jung oder alt.“

Begegnung mit Mama

Miranda war mit dem Fahrrad in der Stadt unterwegs. Sie dachte über eine Rechenaufgabe nach: „Zug 1 startet bei A und begegnet Zug 2, der bei B gestartet ist. Zug 1 fährt mit 70 Stundenkilometern, und Zug 2 mit 90 Stundenkilometern. Sie starten um dieselbe Uhrzeit. Die ganze Strecke ist 500 Kilometer lang. Wie weit sind sie gefahren, wenn sie sich begegnen?“

Da sollte einem nicht der Kopf schwirren? Wieso belästigt man Kinder mit solchen Aufgaben? Und überhaupt sollten Züge sich möglichst nicht begegnen. Das führte doch nur zu Zusammenstößen. Das hatte sie Herrn Bengtsson heute gesagt.

Da lachte er. Ein kleines, schwaches Lachen, ganz anders als das übliche große Bengtssonlachen. Seit seiner Krankheit war er nicht mehr derselbe. Jetzt war er mager, blaß, die Kleider schlotterten an seinem Leib.

Aber unterrichten konnte er immer noch. Wenn er etwas erklärte, dann verstand es sogar Miranda.

Miranda war so sehr in Gedanken vertieft, daß sie Mama erst sah, als sie auf der Straße direkt voreinander standen. Am liebsten wäre sie einfach weitergefahren. Seit damals, als sie ausgemacht hatten, daß Miranda wieder auf den Eselsberg ziehen sollte, hatte sie nicht mehr mit Mama gesprochen. Aber Mama blieb jäh stehen.

„Stell dein Fahrrad hin“, sagte sie. „Ich will mit dir reden.“

Miranda lehnte das Rad an einen Laternenpfahl und begleitete Mama. Sie mußten ziemlich weit gehen, bevor sie ein Plätzchen fanden, wo sie sich unterhalten konnten, einen Winkel zwischen zwei alten Häusern. Miranda konnte in den Hof blicken, wo eine dicke getigerte Katze umherschlich. Schweigend wartete sie voller Angst darauf, was Mama sagen würde.

„Du bist feige“, begann Mama. „War es unbedingt nötig, Lovisa zu schicken, wenn du dich nicht traust, selbst zu kommen?“

„Es ist doch nicht lange her, seit ich bei dir war.“

„Bald zwei Wochen. Vielleicht hast du vergessen, was wir ausgemacht hatten. Weißt du das noch?"

„Aber Lovisa will das nicht."

„Das hat sie nicht zu bestimmen. Du mußt das tun, was du selbst willst. Oder bereust du es etwa?"

„Ich wußte nicht, was ich wollte, als ich dich besuchte. Aber jetzt weiß ich es. Es ist besser, daß ich bei Lovisa bleibe – bei meiner richtigen Mutter. Das haben wir schon einmal beschlossen."

„Du bist ganz schön wankelmütig."

„Kann schon sein ..."

„Und du quasselst zuviel. War es denn unbedingt notwendig, die Sache mit dem Kind zu erzählen? Prompt kam Lovisa bei mir angerannt und biederte sich an und behauptete, sie wolle mir helfen. Ich könne jederzeit mit ihr rechnen. Was sagst du dazu? Und dabei hat sie mir schon einmal mein Kind weggenommen. Und jetzt scheint sie es auch auf Albert angelegt zu haben. Das mit dem Kind, das hättest du ihr nicht erzählen sollen."

„Stimmt es denn nicht?"

„Man sagt so manches ..."

„Willst du behaupten, daß das mit dem Kind gelogen war? Kriegst du im Frühling kein Kind? Ich will es wissen!"

Jetzt traten Mama Tränen in die Augen. Sie lehnte den Kopf an die alte Hausmauer und weinte. Aber irgendwie konnte Miranda Mamas Weinen nicht mehr ganz ernst nehmen. Dazu hatte Mama schon zu oft geweint.

Miranda klopfte Mama auf die Schulter. „Also, auf Wiedersehen, Mama. Ich komm irgendwann vorbei und besuche dich. Und dann möchte ich, daß du nur Sachen erzählst, die wahr sind. Dann werde ich dir glauben. Und ich verspreche, es niemandem zu sagen. Ich will dir doch bloß helfen."

„Hast du mir dadurch geholfen, daß du Lovisa geschickt hast?" schrie Mama fast. „Du hättest selbst kommen können."

Aber Miranda war schon auf der Straße und rannte zu ihrem Fahrrad. Sie hörte kaum, daß Mama hinter ihr herrief.

„Komm zurück, dann erzähl ich dir alles. Komm!"

Die Leute, die Miranda entgegenkamen, sahen sie verwundert an, als sie ihr Fahrrad an sich riß und davonfuhr.

Mirandas erster Brief

„Besuch ist für dich dagewesen", sagte Lovisa, als Miranda nach Hause kam. „Der Goldschmied hat nach dir gefragt."

Miranda erschrak. Komisch, daß sie jedesmal ein schlechtes Gewissen bekam, wenn vom Goldschmied die Rede war. Die Sache mit der Perlenkette war nicht vergessen. Und die Leute sprachen immer noch davon, wie Miranda mit Birgitta durchgebrannt war. Aber inzwischen hatte Miranda die

Tochter des Goldschmieds, die meinte, sie sei die Prinzessin Florence, schon lange nicht mehr gesehen. Jetzt konnte niemand mehr kommen und behaupten, daß sie Birgitta irgendwohin gelockt hatte.

„Ist die Prinzessin wieder ausgerissen?" erkundigte sie sich.

„Nein, aber es geht ihr schlecht. Ihre Eltern werden nicht mehr mit ihr fertig. Und jetzt hoffen sie, daß du ..."

„Ich möchte die Prinzessin aber nicht sehen. Was kann ich schon für sie tun?"

„Der Goldschmied behauptet, du hättest einen guten Einfluß auf sie. Niemand könne sie so gut verstehen wie du."

„Das stimmt doch gar nicht. Früher haben sie immer gesagt, alles sei meine Schuld, wenn ihr irgendwas passiert ist ... daß ich ihr alle möglichen Flausen in den Kopf setze. Und dabei habe ich nur ihren Erzählungen zugehört."

„Ja, genau das ist es! Die anderen können nicht zuhören. Die verstehen gar nichts. Aber du hast etwas verstanden, sagt der Goldschmied. Und jetzt will er, daß du zu ihm kommst und mit der Tochter sprichst. Wenn du morgen nach der Schule hingehst, hole ich dein Fahrrad. Ich habe sowieso etwas in der Stadt zu erledigen. Der Goldschmied fährt dich dann nach Hause, nachdem du mit Birgitta geredet hast."

Miranda ärgerte sich ein bißchen.

„Er hätte mich vorher fragen können. Vielleicht

6 4414-12

will ich ja gar nicht hingehen."

„Ich hab's für dich versprochen", sagte Lovisa. „Ich war ganz sicher, daß du ihm helfen willst. Er hat Birgittas Schrank erwähnt, den du auch bemalen sollst."

Miranda sagte nichts. Ein bißchen ärgerlich war sie trotzdem noch. Dann sah sie den Brief auf dem Küchentisch. Ein länglicher weißer Briefumschlag, auf dem *Miranda Jönsson* stand. Es war der erste Brief in ihrem Leben, der an sie gerichtet war. Und Lovisa hatte ihn überhaupt nicht erwähnt. Miranda nahm ihn und strich sachte mit der Hand darüber.

„Von wem ist er?"

„Dreh ihn um und lies, was auf der Rückseite steht", sagte Lovisa. „Übrigens heißt du nicht mehr Jönsson."

„Wieso heiße ich nicht Jönsson? Wie heiße ich denn dann?"

„Du heißt Miranda Malm", sagte Lovisa. „Du sollst meinen Nachnamen tragen. Ich bin beim Pfarrer gewesen und habe es beantragt. Noch ist es nicht eingetragen. Aber das dauert nicht mehr lang."

„Ein komisches Gefühl, so einfach den Namen zu wechseln. Aber es ist ein schöner Name. Miranda Malm. Mama wird allerdings traurig darüber sein."

„Und an mich denkst du gar nicht?" sagte Lovisa. „Du vergißt immer, daß *ich* deine Mutter bin. Aber da kann man nichts machen. Lies jetzt deinen Brief."

Miranda schaute auf die Rückseite des Briefes. *Py Ahlbom* stand da und dann noch eine Straße in Stockholm.

„Der Brief ist von der Frau des Malers."

„Was für ein Maler?"

„Das weißt du doch. Der, von dem ich glaubte, er wäre mein Vater. Der, den du heiraten solltest. Aber er ist schon verheiratet, und mein Vater ist er auch nicht."

Lovisa lachte.

„Ein Glück, daß du uns nicht zusammengeführt hast. Da hast du ein Messer, damit du deinen Brief endlich öffnen kannst. Geh ruhig in dein Zimmer, wenn du ungestört sein willst."

„Ich will nicht allein sein." Behutsam öffnete Miranda den Brief und las ihn schweigend. Zweimal mußte sie ihn lesen. Dann sagte sie zu Lovisa: „Sie möchten wissen, was meine Malerei macht. Sie hoffen, daß ich fleißig male. Und dann wollen sie, daß ich sie besuche."

„Das wäre doch schön. Nur an Weihnachten solltest du nicht fortfahren."

„Nie im Leben. Weihnachten will ich in Oberkirschberg verbringen. Aber es würde mir Spaß machen, zu verreisen. Bisher bin ich nur ein einziges Mal Zug gefahren. Das war, als ich mit Mama zu Großvater fuhr, aber damals war ich noch sehr klein. Und mein Großvater ist er auch nicht ... Und Mama ist nicht meine Mama, obwohl ich es immer wieder vergesse ..."

„Mit der Zeit wirst du dich schon daran gewöhnen."

„Ich freue mich auf Weihnachten", sagte Miranda. „Das wird eine ganz neue Art von Weihnachten."

„In diesem Jahr ist überhaupt vieles ganz anders geworden", sagte Lovisa. „Hoffentlich freust du dich auch darüber."

„Und ob ich das tue! Jetzt habe ich nicht mehr so viele Sorgen, aber alle Sorgen sind noch nicht vorbei."

„Sorgen hat man immer", sagte Lovisa. „Es kommt nur darauf an, daß man lernt, mit ihnen umzugehen und das Beste daraus zu machen."

„An alles Neue muß man sich erstmal gewöhnen", meinte Miranda. „Und jetzt werde ich mich an meinen neuen Namen Miranda Malm gewöhnen. Und morgen besuche ich die Prinzessin."

Die besten Farben, die es gibt

Es war Frau Berger, die Frau des Goldschmieds, die öffnete, als Miranda auf die Türklingel drückte. Bereits unten im Eingangsflur konnte sie das Geschrei von oben hören. Die Prinzessin rebellierte.

„Ich hasse euch", schrie sie. „Laßt mich raus! Holt meinen Vater! Er wird mich befreien. Rührt mich nicht an, ihr Teufel!"

Frau Berger faßte sich an die Brust und sah Miranda mit hilflosem Blick an. „Da hörst du's", flüsterte sie. „Seit zwei Tagen ist sie so. Wir wissen nicht, was wir tun sollen. Der Arzt ist hiergewesen. Er will sie ins ... Hospital bringen. Er will sie einsperren. Aber sie hat sich früher auch immer wieder beruhigt ... Wenn du uns irgendwie hilfst, werden wir schon damit fertig."

„Was soll ich tun?"

„Das weißt du selbst sicher am besten. Geh rauf und sprich mit ihr."

Miranda wollte nicht. Sie hatte Angst. Aber sie folgte Frau Berger die Treppe hinauf. Den Weg zum Zimmer der Prinzessin kannte sie. Alles war so, wie sie es in Erinnerung gehabt hatte: Der Flur und die Tür mit dem Gitterfenster. Frau Berger spähte hinein.

„Jetzt hat sie sich etwas beruhigt. Du kannst reingehen."

„Sie öffnete die Tür einen Spaltbreit. Der Goldschmied saß auf einem Stuhl am Fenster. Die Prinzessin saß auf ihrem Bett. Sie sah ganz wild aus, mit ungekämmten Haaren und verzerrtem Gesicht. Sie jammerte und rang die Hände, daß ihre Armbänder klirrten.

„Mein Schatz", sagte Frau Berger. „Du hast Besuch. Hier kommt jemand, der mit dir sprechen will."

Der Goldschmied stand mit erleichtertem Gesicht auf. Er war froh, daß er seine Tochter jemand anderem übergeben konnte.

„Es ist besser, wenn ihr allein seid", sagte er zu Miranda. „Ihr beiden habt euch schon früher gut verstanden. Vielleicht kannst du Birgitta etwas erzählen, das ihr Freude macht."

Die Prinzessin starrte Miranda an. Sie schien sich

nicht über ihren Besuch zu freuen.

„Macht, daß ihr fortkommt", schrie sie. „Verschwindet alle miteinander ... Ich will niemanden sehen, nur meinen Vater, den König!"

Plötzlich wußte Miranda, was sie tun sollte. Sie trat ein und ging auf die Prinzessin zu. „Ich bin deine kleine Kammerzofe", sagte sie. „Erkennst du mich nicht mehr? Ich soll dich von deinem Vater, dem König, grüßen."

In den Augen der Prinzessin erwachte ein Funke des Interesses. Sie nickte und machte eine gnädige Miene.

„Tritt näher, meine Kleine", sagte sie. „Setz dich und berichte. Ihr anderen könnt gehen." Sie winkte ihren Eltern verabschiedend zu.

Die Eltern hasteten hinaus und schlossen die Tür. Miranda wurde es ein wenig unheimlich, denn jetzt war sie alleine mit der Prinzessin in diesem häßlichen Zimmer. Hoffentlich wurde die Prinzessin nicht völlig wahnsinnig, hoffentlich begann sie nicht, um sich zu schlagen.

„Komm näher", sagte Birgitta. „Setz dich neben mich und erzähle. Hast du meinen Vater getroffen? Hat er Sehnsucht nach mir?"

„Ja, er hat Sehnsucht nach dir", sagte Miranda und setzte sich neben die Prinzessin aufs Bett. „Er wird immer Sehnsucht nach dir haben."

„Warum kommt er nicht, um mich zu holen?"

„Weil er das nicht kann. Die böse Königin tut alles, um ihn daran zu hindern. Aber eines schönen

Tages wird er bestimmt kommen.“

„Er liebt nur mich“, sagte die Prinzessin.

„Ja, das tut er. Er denkt immerzu an dich und erzählt mir von dir. Wie schön du bist und wie schlimm es war, als du entführt wurdest. Eines Tages wird er kommen. Aber gerade jetzt ist er krank.“

„Kriegt er Medizin?“

„Eine Menge Medizin kriegt er. Neben seinem Bett stehen viele Flaschen. Er ist sehr schwach. Aber er läßt dir sagen, du sollst dir keine Sorgen machen. Du mußt nur Geduld haben und warten.“

„Ich tu ja nichts als warten!“

„Das weiß er. Ich habe ihm erzählt, wie schön du es hier hast und daß alle sehr lieb zu dir sind. Da hat er sich gefreut.“

„Du hast ihn angelogen! Dieses Zimmer ist überhaupt nicht schön. Und lieb sind sie auch nicht. Sie sperren mich ein. Glaubst du, daß es mir Spaß macht, in diesem häßlichen Zimmer zu sitzen und die häßlichen Möbel anzustarren?“

Miranda sah sich im Zimmer um. Die Prinzessin hatte recht. Hier gab es keine schönen Möbel wie im übrigen Haus. Der große Schrank sah scheußlich aus. Plötzlich hatte Miranda eine Idee.

„Dein Vater, der König, will, daß ich dir einen Gruß male.“

„Wie denn?“

„Er will, daß ich deinen Schrank bemale. Er möchte dir Blumen schicken. Und diese Blumen soll ich auf deinen Schrank malen. Wenn du die Blumen an-

schaust, kannst du an deinen Vater denken."
„Kannst du Blumen malen?"
„Das kann ich. Vielleicht kann ich auch deinen Vater, den König, in seinen roten Kleidern malen. Du mußt mir beschreiben, wie er aussieht, dann male ich ihn so ähnlich wie möglich."
Die Prinzessin lächelte. „Ich will, daß du malst. Wann kannst du anfangen?"
„Morgen vielleicht. Ich muß erst nach Hause und Farben holen."
Die Prinzessin stand auf. „Beeil dich. Ich warte auf dich."
„Versprich mir, ruhig und friedlich zu sein", sagte Miranda. „Wenn du nicht schreist und lärmst, kann ich besser malen."
„Ich werde ganz still sein."
Die Prinzessin begleitete sie an die Tür, die wie von alleine aufging. Draußen standen der Goldschmied und seine Frau. Sie hatten alles gehört und sahen Miranda glücklich an. Sachte schlossen sie die Tür.
„Danke", sagte der Goldschmied. „Du hast ein Wunder vollbracht. Wir werden alle Farben besorgen, die du brauchst. Die besten Farben, die es gibt."

Malerfreuden

So viel Papier und so viele und gute Farben hatte sie noch nie besessen. Miranda saß im Schneidersitz auf dem Fußboden und malte den König in seiner roten, pelzverbrämten Jacke. Die Prinzessin saß neben ihr.

„Die Jacke ist zu kurz", sagte sie. „Und dann braucht er noch eine goldene Kette um den Hals."

„Mal doch du ihn", schlug Miranda vor. „Mal ihn genauso wie er aussieht, du weißt es schließlich am besten." Sie reichte der Prinzessin einen großen Bogen Papier und schob ihr Farben und Pinsel rüber. Die Prinzessin zögerte. Dann nahm sie einen Pinsel. Und plötzlich legte sie los. Sie bekam ganz rote Backen. Ihre Augen leuchteten. Sie malte, ohne sich ein einziges Mal zu unterbrechen. Neben dem Papier landeten so zahlreiche Farbspritzer, daß der Teppich hinterher ein neues Muster hatte.

„Phantastisch!" sagte die Prinzessin. „Ich wußte gar nicht, daß ich malen kann."

Miranda schaute der Prinzessin begeistert zu. So wie sie mußte man malen. Ganz direkt – genau wie man es empfand, ohne zu zögern und zu ändern. Einfach drauflos. Was machte es da schon, daß die Augen falsch saßen, daß die Nase zu lang war oder die Ohren zu groß ausfielen. Warum sollte der König aussehen wie ein ganz normaler Mensch?

Miranda verglich Birgittas Bild mit dem ihren. Ihr König sah ganz so aus wie Albert. Ein schöner Albert mit schwarzen Haaren und einer roten Jacke.

Der Goldschmied kam herein und strahlte beim Anblick seiner Tochter. Diesmal scheuchte sie ihn nicht hinaus.

„Schau mal", sagte sie. „Ist das nicht schön?"

„Sehr schön", sagte der Goldschmied. „Willst du den Schrank so bemalen?"

Die Prinzessin antwortete nicht. Sie interessierte sich nicht für irgendwelche Schränke, sondern verlangte noch mehr Papier. Wenn sie so weitermachte, würden die Farben nicht reichen.

„Soll Birgitta den Schrank bemalen?" fragte Miranda. „Vielleicht wäre es besser, wenn sie das selbst übernimmt."

„Mir ist es lieber, du machst das", sagte der Goldschmied. „Wir wissen ja, daß du das kannst. Dieser Mann, den du da malst, ist das eine biblische Gestalt?"

„Das ist der König."

„König Saul ... oder David?"

„Fragen Sie Birgitta. Es ist ihr König, den ich hier male."

Aber Birgitta hörte nicht zu. Sie nahm einen neuen Bogen Papier. Jetzt malte sie eine hexenähnliche Frau mit strähnigen Haaren, spitzer Nase und Krallen an den Fingern.

„Wer ist das?" fragte Miranda.

Birgitta sah sie erstaunt an.

„Siehst du das nicht? Das ist die böse Königin, die meinen Vater, den König, daran hindert, mich zu holen. Schau mal, wie sie ihn eingesperrt hat."

Sie tauchte den Pinsel in dunkle Farben und übermalte den König mit langen Strichen. Miranda begriff, daß es Gitterstäbe sein sollten. „Du mußt ihn befreien", sagte sie.

Die Prinzessin riß ein neues Blatt Papier an sich. Jetzt malte sie das Schloß im Tal mit Zinnen und Türmen. Mit raschen Pinselstrichen malte sie. Ihre Wangen glühten. Man sah ihr an, daß sie glücklich war.

„Willst du nicht auch Blumen malen?" fragte Miranda. „Wir müssen doch den Schrank mit Blumen bemalen."

„Keine Blumen", sagte die Prinzessin.

Miranda sah den Goldschmied an.

„Was soll ich machen?" fragte sie. „Soll ich ein Muster für den Schrank entwerfen?"

„Mach, was du willst", sagte der Goldschmied. „Du hast bei Birgitta ein Wunder bewirkt. So wie jetzt habe ich sie noch nie gesehen. Ihr hat einfach eine richtige Beschäftigung gefehlt. Etwas, das ihr Spaß macht. Wir haben es mit Nähen und Häkeln versucht. Aber die Handarbeiten hat sie immer nur weggeworfen. Malen war genau das Richtige."

„Ich kann nicht mehr lange bleiben", sagte Miranda. „Ich muß heim zu meinen Hausaufgaben. Bald gibt es Zeugnisse, und da will ich gut abschneiden."

„Versuch trotzdem, jeden Tag ein Weilchen herzukommen. Du bist die beste Medizin für unsere Tochter."

Miranda stand auf und begann ihre Blätter einzusammeln. Ein paar Farben und Pinsel ließ sie für Birgitta liegen. Damit war Birgitta vollauf zufrieden. Sie merkte gar nicht, daß Miranda ging, so sehr war sie in ihr Schaffen vertieft.

Der Erzengel Gabriel

Lovisa webte und webte. Bald war Weihnachten. Bis dahin mußte sie alle Bestellungen erledigt haben. Allmählich begann sie, müde auszusehen und hätte dringend eine Ermunterung gebraucht. Aber heute hatte Miranda nichts Erfreuliches zu berichten. Als sie aus der Schule kam, hatte sie keine Lust, in die Webkammer zu gehen. Statt dessen setzte sie sich an den Küchentisch und schaute in den grauen Tag hinaus. Es tropfte aus den kahlen Bäumen. Sie hatte das Gefühl, die Sonne würde nie mehr scheinen.

Lovisa schaute in die Küche. „Warum sitzt du hier? Warum kommst du nicht zu mir rein? Hast du denn nichts zu erzählen?"

„Nichts Erfreuliches ..."

„Dann mußt du eben das Unerfreuliche erzählen. Ich will alles wissen."

„Ich hab die Rechenarbeit verhauen, obwohl ich bei Herrn Bengtsson Nachhilfe kriege, und das macht mich traurig. Ich glaube, ich werde Mathematik nie verstehen."

„Du hast erst ein paar Stunden gehabt. Bestimmt geht dir bald ein Licht auf."

„Aber wenn ich zu Weihnachten ein schlechtes Zeugnis mit nach Hause bringe, bist du sicher enttäuscht."

„Eine solche Kleinigkeit kann mir doch nicht die Laune verderben. Hoffen wir eben auf den Frühling, da geht alles leichter. – Übrigens hat jemand für dich angerufen."

„Für mich! Wer könnte mich denn anrufen?" Miranda errötete. Vielleicht war es Harry? Seit damals in der Küche hatte er nicht mehr mit ihr gesprochen. Ein paarmal hatte sie ihn in der Pause gesehen. Aber er hatte ihr bloß ein paar kurze Blicke zugeworfen und leicht spöttisch gelacht, als wäre sie diejenige, die sich komisch benahm.

„Der Goldschmied hat angerufen", sagte Lovisa.

„Ich hab doch gesagt, daß ich diese Woche nicht kommen kann, weil ich so viele Hausaufgaben habe. Und als ich letztes Mal dort war, fand ich es beinahe unheimlich. Nicht ein Tropfen Farbe war noch übrig. Birgitta hat gemalt wie eine Wilde. Das Papier hat nicht ausgereicht. Aber es gibt ja Wände. Und Schränke. Diesen Schrank werde ich nie bemalen dürfen, er ist nämlich schon total zugemalt. Von Birgitta."

„Der Goldschmied erzählte, daß sie inzwischen Papier an die Wände geheftet haben", sagte Lovisa.

„Und neue Farben hat sie auch bekommen. Jetzt wollen sie, daß du kommst und Birgitta beibringst, wie sie malen soll. So kann sie nicht weitermachen. Aber sie sind trotzdem sehr froh, denn so gut ist es Birgitta noch nie gegangen."

„Sie haben einfach nie begriffen, daß Birgitta sich die ganze Zeit gelangweilt hat", sagte Miranda. „Jeder Mensch würde durchdrehen, wenn er ständig in einem häßlichen kleinen Zimmer hocken müßte, ohne etwas zu tun."

„Sie haben bestimmt ihr Bestes gewollt", meinte Lovisa. „So liebe Eltern gibt es kaum ein zweites Mal. Kannst du sie am Sonntag besuchen?"

„Muß ich wohl. Aber ich weiß nicht, wie ich alles schaffen soll. Herr Bengtsson meint, ich sollte viel lesen. Aber von den Büchern, die ich lese, hält er nicht viel. Mädchenbücher verdrehen einem bloß den Kopf, sagt er. Er hat mir *Tom Sawyer* und *Die drei Musketiere* geliehen. Das klingt nach Jungenbüchern. Wird man von denen etwa klüger?"

„Lies sie, dann wirst du es ja merken ..."

„Wenn ich doch nur Birgittas Schrank bemalen dürfte! Ich weiß genau, wie er aussehen soll. In der Bibliothek habe ich ein Buch über Bauernmalerei gesehen. Birgitta kann von mir aus gerne glauben, daß ich ihren Vater, den König, male, aber eigentlich wird es der Erzengel Gabriel. Auf die eine Schranktür will ich malen, wie er Maria die Verkündigung überbringt. Maria wird auf der anderen Schranktür abgebildet und macht ein erschrockenes Gesicht. Denn natürlich ist sie erschrocken. Wer würde nicht erschrecken, wenn ein Erzengel daherkäme und einem etwas verkündigte! Aber jetzt hat Birgitta alles kaputtgemacht."

„Vielleicht wäre es besser, wenn du das alles als Bild maltest?"

Da wurde Miranda wieder froh. Die Mathematikarbeit hatte sie vergessen. Jetzt würde sie die Skizze vom Erzengel Gabriel in Angriff nehmen. Bald darauf klopfte Lovisas Webstuhl, und Miranda saß in ihrem Zimmer und summte vor sich hin.

Eine rote Jacke

„Nein", sagte Albert. „Natürlich möchte ich dir helfen, aber das tue ich nicht."

„Und dabei war es doch so eine gute Idee", klagte Miranda. „Sie ist mir einfach in den Sinn gekommen."

„Ich weiß, daß du voller Ideen steckst", sagte Albert. „Aber nicht alle Ideen sind gut. Diese hier ist sicher keine gute. Das wäre der reinste Betrug."

Miranda saß auf der Hobelbank. Albert war damit beschäftigt, eine Tischplatte aus schmalen Brettern zusammenzufügen. Er faßte sie an, als wären sie aus allerdünnstem Glas. Miranda machte eine Stippvisite auf dem Heimweg nach der Schule. Ein paar dicke Schneeflocken lagen auf ihrer Mütze. Heute hatte es zum erstenmal geschneit. Bald würde sie nicht mehr mit dem Fahrrad in die Schule fahren können.

„Du solltest sehen, wie glücklich sie ist", sagte Miranda. „Das Malen hat sie völlig verändert. Sie hat ganz einfach Farben gebraucht. Und da habe ich mir gedacht, wenn jemand ihre Gedanken von ihrem Vater, dem König, ablenken könnte, würde sie vielleicht gesund werden."

„Der Fehler steckt in ihrem Kopf", erklärte Albert. „Wir können nichts tun, um diesen Fehler zu beheben. Vielleicht verändert sie sich vorübergehend, aber der Fehler bleibt. Deine Idee mit dem Malen war gut. Aber zieh mich nicht in die Sache hinein. Ich werde nie vergessen, wie schrecklich es war, als sie sich auf mich stürzte und mich für ihren Vater, den König hielt. Das will ich nicht noch einmal erleben."

„Nur ein einziges Mal", bat Miranda. „Ich weiß genau, wie alles ablaufen muß. Du kommst herein und hast eine rote Jacke an ..."

„Wo soll ich eine rote Jacke hernehmen?"

„So was kann man immer auftreiben. Sonst kann Lovisa dir schnell eine nähen."

„Aha", sagte Albert. „Und dann?"

„Dann trittst du ins Zimmer der Prinzessin. Sie glaubt, daß du ihr Vater bist und freut sich riesig."

„Sie wird sich mir um den Hals werfen", sagte Albert. „Das hat sie damals auch getan."

Er legte die Bretter aus der Hand. Die Arbeit war zu heikel, dabei durfte er sich nicht stören lassen.

„Laß sie das ruhig tun", sagte Miranda.

„Ich soll also einfach dastehen, während das bedauernswerte Mädchen an meinem Hals hängt. Und dann?"

„Dann setzt ihr euch hin und unterhaltet euch. Du mußt ihr erzählen, daß du nach ihr Sehnsucht hast und sie mehr als alle anderen Menschen auf der Welt liebst. Und dann mußt du ihr vernünftig zureden."

„Und was für vernünftige Sachen soll ich deiner Meinung nach sagen?"

„Du mußt sagen, daß dein Schloß abgebrannt ist oder daß du von der bösen Königin aus dem Schloß verjagt worden bist. Du kannst auch erzählen, daß du versuchst, ein anderes Schloß aufzutreiben. Sag, daß es sehr lange dauern wird. Daß du vielleicht nie ein neues Schloß finden wirst. Sag irgendwas, Hauptsache, sie begreift, daß sie nie in dieses Schloß kommen wird. Sag, daß du dich freust, daß sie es beim Goldschmied so gut hat. Daß du den Goldschmied und seine Frau gern hast und willst, daß sie bei ihnen bleibt. Sag irgendwas, damit sie begreift, daß sie nicht zu ihrem Vater, dem König, kommen kann. Vielleicht hört sie dann auf zu warten. Sag daß ..."

„Kindchen, an Fantasie mangelt es dir wahrhaftig nicht. Du bist wohl die einzige, die dieses arme Mädchen versteht. Etwas habt ihr tatsächlich gemeinsam – diese Sache mit dem Vater. Hast du nicht auch einen Vater, an den du immer wieder denkst?"

Miranda blieb schweigend sitzen. Albert hatte recht. Sie träumte von ihrem Vater, dem Künstler.

7 4414-12

Wie würde es ihr wohl gefallen, wenn jemand sich verkleidete und versuchte, ihr einzureden, er wäre ihr richtiger Vater! Sie würde wütend und traurig werden.

Albert strich ihr über die Wange. Seine Hand roch gut nach Holz.

„Bist du jetzt traurig?“ fragte er.

„Traurig nicht. Aber ich verstehe, was du meinst. Ich hatte mir eingebildet, daß meine Idee sie vielleicht wieder gesund machen könnte ... wenn der, von dem sie träumt, ihr sagt, daß sie mit dem Träumen aufhören soll. Sonst gibt es ja niemanden, dem sie glaubt.“

„Hast du schon mit dem Goldschmied über deinen Plan gesprochen?“

„Nein, ich wollte zuerst dich fragen.“

„Am besten, man spricht mit ihrem Arzt. Wenn der es für möglich hält, daß es hilft, mache ich mit.“

Miranda hätte vor Freude Albert am liebsten umarmt. Aber jemanden wie Albert konnte man nicht so ohne weiteres umarmen.

„Du solltest mal ihr Zimmer sehen“, sagte sie. „Sie malt phantastisch. Und sie ist so fröhlich dabei. Früher hat sie immer nur geweint und gejammert. An die Wände hat sie Bäume und Blumen und wunderschöne Vögel gemalt. Die meisten sind blau. Nichts sieht natürlich aus, aber es ist trotzdem schön. Nur schade, daß sie den ganzen Schrank bemalt hat, das hätte nämlich ich tun sollen. Aber der Goldschmied sagt, daß sie die Schranktüren später übermalen wollen, damit ich es trotzdem versuchen kann. Ich weiß genau, was ich malen will. Du wirst staunen. Ich werde den Erzengel Gabriel malen."

„Ja, ja, ich seh schon, du schwebst viel zu sehr im Blauen", sagte Albert und wandte sich wieder seinen Brettern zu.

„Jetzt geh ich erst mal raus und schwebe im Weißen herum", sagte Miranda. „Wahrscheinlich muß ich das Fahrrad nach Hause schieben. Das wird anstrengend. Ich komm wieder her, sobald die rote Jacke fertig ist."

„Gruß an Lovisa. Die wird vor Weihnachten anderes zu tun haben, als eine rote Jacke zu nähen."

Eine rote Rose

Miranda war zu einem Ball eingeladen. Zu einem richtigen Ball mit Grammophonmusik und Tanz, und das inmitten aller Sorgen um Mathematik, Prinzessin und Malerei. Und gleich kam eine neue Sorge hinzu.

„Was soll ich anziehen?" fragte sie Lovisa. „Das alte Grüne? Oder das Blaue ... Aber das sind doch Sommerkleider." Sie unterbrach ihre Arbeit am Webstuhl. Sie sah blaß aus. Jetzt vor Weihnachten hatte sie sich viel zu viele Aufträge aufgebürdet.

„Ach, Kind, wenn ich nur Zeit zum Nähen hätte. Vielleicht würde ein kleiner weißer Kragen einem der Kleider etwas Pfiff verleihen?“

„Ein weißer Kragen ... nein, das ist zu kindisch. Das paßt nicht für einen Ball. Gull selbst hat ein neues rosa Kleid mit Volants und einer Rose an der Hüfte. Und ein goldenes Haarband. Rigmor zieht ein hellblaues Kleid mit weißen Daunen an Hals und Ärmeln an ...“

„Daunen ... Ja, diese Daunenborten habe ich im Stoffgeschäft gesehen, das ist etwas Neues. Die können wir an dein Blaues annähen. Dadurch wird das Kleid wie neu. Morgen muß ich in die Stadt. Dann besorge ich sie gleich ...“

Und damit begann sie weiterzuweben. Miranda blieb eine Weile stehen und sah Lovisa an.

„Du solltest nicht soviel arbeiten. Dann hast du keine Kraft mehr für Weihnachten.“

„Weben macht mir Spaß“, sagte Lovisa. „Und wir brauchen die Einnahmen.“

„Ich werde noch mehr malen. Dann haben wir auch noch meine Einnahmen.“

„Du mußt in erster Linie für die Schule arbeiten. Wir haben genug, um über die Runden zu kommen.“

„Wenn ich die nächste Rechenarbeit schaffe, krieg ich im Weihnachtszeugnis ein Ausreichend in Mathe, das hat Fräulein Radberg gesagt. Am Sonntag geh ich zum Goldschmied. Da will ich fragen, ob Albert ...“

Sie unterbrach sich jäh. Das war nichts für Lovisa.

„Was wolltest du Albert fragen?“

Miranda erzählte von der roten Jacke. Lovisa

schwieg zunächst und überlegte.

„Ich frage mich, ob das vernünftig ist", sagte sie schließlich. „Man sollte der armen Birgitta das Leben nicht unnötig erschweren. Laß sie von ihrem Vater, dem König träumen. Vielleicht macht es sie trotz allem glücklich. Es kann einen durchaus glücklich machen, wenn man von dem, was man nie bekommen kann, träumen darf ..."

„Tust du das auch?"

Lovisa lächelte.

„Kann sein. Wenn ich das bekäme, was ich wollte, wäre ich vielleicht gar nicht glücklich."

„Wovon träumst du denn?"

„Wenn du das wüßtest, mein Kind."

Miranda ging in ihr Zimmer und überlegte. Von wem mochte Lovisa wohl träumen? Vom Holzhakker? Von Albert? Miranda hoffte, daß Lovisa von Daniel träumte, dem Mann, den sie in ihrer Jugend geliebt hatte und der ihr Vater war.

Der Ball fand bei Gull statt. Es war lange her, seit Miranda durch das Gartentor bei *Ellen-Hill* gegangen war. Damals war sie immer alleine gewesen. Jetzt waren es mehrere Personen, die zur großen Treppe hinaufwanderten. Auf den Torpfosten steckten brennende Fackeln, und alle Fenster des großen Hauses waren hell erleuchtet. Es war kalt. Unter den Füßen knirschte der Schnee. Aber in der Eingangshalle war es warm und hell.

Johanna öffnete die Tür und half den Gästen aus

ihren Jacken und Mänteln. Es waren die altbekannten Klassenkameraden. Die Jungen zerrten beim Ausziehen so ungeduldig an ihren Jacken, daß die Ärmel umgekrempelt wurden. Johanna stopfte sie wieder richtig hinein. Die Mädchen dagegen ließen sich von Johanna helfen. In ihren neuen Kleidern sahen sie alle viel hübscher aus als sonst.

Gull und ihre Familie warteten im Salon. Dort wurde geknickst und gedienert und gedämpfte Konversation gemacht. Gull war die Schönste von allen. In ihrem rosafarbenen Kleid mit der Rose an der Hüfte sah sie wie eine Prinzessin aus.

Neben Gull stand ein Junge, den Miranda noch nie gesehen hatte. Ein ziemlich großer Junge, der einen hochnäsigen Eindruck machte. Es war ihm von weitem anzusehen, daß er nicht aus der Stadt war.

„Gulls Vetter aus Stockholm“, flüsterte jemand.

Der Doktor hielt Mirandas Hand länger fest als die der anderen.

„Und hier haben wir die kleine Künstlerin“, sagte er. „Ich habe deine Werke sowohl beim Bürgermeister als auch bei Frau Levin gesehen. Du bist tüchtig, mein Kind. Mach nur weiter so!“

Der Doktor wandte sich dem nächsten Gast zu. Miranda begrüßte Gulls Mutter mit einem Knicks und reichte dann Gulls hochnäsigem Vetter die Hand. Er verzog den Mund.

„Aha, du bist also eine Künstlerin“, sagte er. „Eine sehr kleine Künstlerin, muß ich schon sagen.“

Miranda sagte nichts. Dieser Vetter konnte von ihr

aus gleich nach Stockholm zurückfahren. Nachdem sie alle begrüßt hatte, stellte sie sich an die Wand und betrachtete die anderen. Es war deutlich erkennbar, welche Mädchen ihre Kleider bei richtigen Schneiderinnen hatten nähen lassen. Ob man es ihrem Kleid wohl ansah, daß Lovisa es geschneidert hatte? Merkte man, daß die Daunen erst viel später hinzugekommen waren, nachdem das Kleid schon oft getragen worden war? Manche ihrer Mitschülerinnen hätten das Blaue bestimmt wiedererkannt. Sie hatte es beim Spielabend in der Schule angehabt, damals, als niemand sie aufgefordert hatte – außer Harry. Aber Harry, einer der Großen aus der Dritten, war diesmal nicht hier.

Plötzlich bekam sie Angst, es würde genauso werden wie an jenem Spielabend. Kein Mensch würde mit ihr tanzen. Hier war nicht die Rede von irgendwelchen Reigenspielen. Die meisten aus ihrer Klasse hatten einen Tanzkurs gemacht und konnten richtige, moderne Tänze. Sie selbst konnte nur ein wenig Walzer tanzen. Hoffentlich forderte niemand sie auf. Sie würde einfach in die Bibliothek gehen und sich ein Buch aus dem Regal holen. Und dann würde sie das wunderbare Bild anschauen. Gulls dämlicher Ball interessierte sie ohnehin kein bißchen.

Jetzt klatschte der Doktor in die Hände und rief: „Liebe Freunde, meine Frau und ich, wir heißen euch herzlich willkommen. Gull natürlich auch, es ist ja ihr Ball. Wir hoffen, daß es ein schöner Abend für euch wird. Wie wäre es, mit einem Tänzchen zu beginnen? Dann gibt es Abendessen, und anschließend geht es mit Spielen und Tanzen weiter."

Gulls Mutter setzte sich ans Klavier. Miranda war sich nicht ganz sicher, aber sie schien einen Walzer zu spielen. Die Jungen zögerten, bevor sie das Zimmer durchquerten, um die Mädchen aufzufordern.

Gull tanzte mit ihrem Vetter. Man sah, daß sie die Tanzstunde besucht hatte. Genau so unbeschwert mußte man sich im Kreis drehen, so, als wollte man davonschweben. Der Vetter sah sehr gut aus, obwohl er so hochnäsig war.

Miranda verdrückte sich in die Bibliothek. Hier im Haus kannte sie sich gut aus. In der Bibliothek war es nicht so hell wie im Salon. Aber über dem wunderbaren Bild hing eine kleine Lampe und ließ die Tiefe noch tiefer erscheinen und das Licht ganz hinten im Bild noch heller leuchten. Miranda konnte sich nicht satt sehen.

„Warum versteckst du dich?" Gulls Vetter tauchte in der Türöffnung auf.

„Ich verstecke mich nicht. Ich schaue das Bild an."

„Du bist das einzige Mädchen, das keine Tischkarte gezogen hat."

„Eine Tischkarte? Wozu denn das?"

Er lachte und kam auf sie zu. „Die Tischkarten werden verlost. Man zieht eine Karte mit einer Blume drauf. Es gibt verschiedene Blumenkarten. Und die beiden, die Karten mit derselben Blume ziehen, dürfen nebeneinander sitzen. Ich habe eine rote Rose."

„Ich habe aber keine Karte."

„Stimmt, eine Mädchenkarte ist noch übrig. Die ist für dich. Rate mal, was für eine Blume drauf ist."

„Kann ich nicht."

„Versuch's."

„Vielleicht eine Rose?"

„Genau. Du mußt neben mir sitzen."

„Das ist ja schrecklich."

„Na, so was hat noch nie jemand zu mir gesagt. Das hättest du wenigstens für dich behalten können!"

„Ich kenne dich doch gar nicht. Ich weiß nicht, was ich zu dir sagen soll. Ich kann mich nicht gut unterhalten. Könntest du nicht mit irgend jemandem tauschen?"

„Hab ich nicht vor. Uns wird schon was einfallen, worüber wir uns unterhalten können. Und übrigens gibt es lauter leckere Sachen zum Essen. Wenn wir uns nichts zu sagen haben, essen wir eben. Komm, die anderen haben schon Platz genommen."

Er nahm Miranda an die Hand und zog sie mit sich ins Eßzimmer. Die anderen saßen bereits am Tisch. Zwei Plätze waren noch leer. Man sah sofort, daß dies die Plätze waren, wo Miranda und der Vetter sitzen sollten. Zwischen ihren Tellern lag eine rote Rose.

Und so kam es, daß Miranda ein weiteres Mal mit klopfendem Herzen am Eßtisch des Doktors saß.

Lach doch ein bißchen

Miranda war nicht die einzige, der das Reden schwerfiel. Allen an dem großen Tisch schien es die Sprache verschlagen zu haben. Bestimmt hatten viele von ihnen noch nie an einem so schön gedeckten Tisch gesessen.

Feines Porzellan, Blumen und Kerzen. An den beiden Tischenden saßen jeweils der Doktor und seine Frau. Gulls jüngere Geschwister saßen an einem kleinen Extratisch. Hier am großen Tisch fühlten sich alle wie Erwachsene.

Johanna und ein Mädchen servierten das Essen. Es gab Braten und kleine Karotten, verschiedene Gelees, eingelegte Gurken, eingemachte Früchte und andere Leckereien.

Miranda war sehr vorsichtig. Unter keinen Umständen durfte sie kleckern oder etwas fallen lassen. In ihrem Hals durfte es nicht glucksen, wenn sie aus dem hohen Glas trank. Sie wollte sich auf keinen Fall blamieren. Sie war so sehr darum bemüht, sich fein zu benehmen, daß an Unterhaltung gar nicht zu denken war. Ihr Tischherr aber schien keine Probleme zu haben. Er schielte andauernd zu ihr herüber.

„Wovor hast du denn Angst?“ fragte er.

„Ich habe keine Angst.“

„Du bist völlig versteinert. Kennst du die anderen

Kinder etwa nicht? Ich dachte, ihr wärt Klassenkameraden?“

„Das sind wir auch.“

„Und trotzdem hast du dich verdrückt und versteckt. Sind sie denn nicht nett zu dir?“

Miranda kaute und schwieg. Wenn er doch nur den Mund halten würde, damit sie in Ruhe essen könnte. Das Essen schmeckte gut.

Da erhob der Doktor seine Stimme. „Meine lieben jungen Freunde“, sagte er. „Wir freuen uns, daß wir heute Gulls Klassenkameraden kennenlernen dürfen. Noch einmal herzlich willkommen. Ich wünsche euch einen wunderschönen Abend.“

Damit erhob er sein Glas, und alle machten es ihm nach. Und dann tranken sie. In der Gläsern war hellgelbe Limonade. Miranda schluckte vorsichtig, denn von prickelnder Limonade bekam sie meistens Schluckauf.

„Das ist Kinder-Champagner“, flüsterte der Vetter.

Miranda sagte nichts, obwohl sie gern gefragt hätte, was Champagner sei. Endlich widmete sich der Vetter dem Essen und schwieg eine Zeitlang. Das war eine Erleichterung. Die anderen am Tisch hatten angefangen zu reden und zu lachen. Sie stießen mit dem Kinder-Champagner an. Ein paar Jungs, die in der Schule auch immer lebhaft und lustig waren, steckten die anderen an. Der Vetter und Miranda schienen die einzigen zu sein, die nicht in das allgemeine Geplauder einbezogen waren.

„Erzähl mir von deiner Malerei“, sagte der Vetter.

„Da gibt's nichts zu erzählen. Ich zeichne und male eben gern."

„Aber mein Onkel hat gesagt, daß du für andere Leute malst. Kriegst du dafür bezahlt?"

„Manchmal. Doch meistens male ich, weil es mir Spaß macht."

„Es ist ziemlich ungewöhnlich, daß so kleine Mädchen wie du etwas tun können, wofür sie bezahlt bekommen."

Sie sah ihn an. „Denkst du denn nur an Geld? Und übrigens bin ich kein kleines Mädchen!"

Er lachte. Er hatte ein freundliches Lachen. Vielleicht war er doch nicht hochnäsig. Vielleicht fand auch er solche Einladungen gräßlich. Er hob sein Glas, um mit ihr anzustoßen, und sie streckte die Hand aus, um ihr Glas zu nehmen. Da geschah es. An hohe Gläser mit schmalem Fuß war Miranda nicht gewöhnt, daher stieß sie ihres um. Die Limonade ergoß sich über den Tisch und rann auf Mirandas blaues Kleid und auf die schwarzen Hosen des Vetters hinab.

Miranda kamen die Tränen. Am liebsten wäre sie davongerannt, nach Hause, nach Oberkirschberg. Nie mehr in ihrem ganzen Leben würde sie zu einer Einladung gehen.

Der Vetter stellte ihr Glas rasch wieder hin. Nur die direkt daneben saßen, hatten etwas von dem Mißgeschick bemerkt. Und dann noch Robert am kleinen Tisch. Robert sah und hörte alles.

„Sie hat gekleckert", verkündete er mit schriller

Stimme. „Guckt mal, wie die jetzt aussehen ...“

Miranda warf ihm einen wütenden Blick zu. Und diesen dummen kleinen Kerl hatte sie doch tatsächlich beinahe vorm Ertrinken gerettet.

„Halt den Mund“, zischte der Vetter. „Das ist doch gar nichts!“

Miranda hatte aufgehört, zu essen. Sie wartete darauf, daß Gulls Mutter etwas über das schöne Tischtuch sagen würde. Aber sie verlor kein Wort darüber. Der Doktor lächelte ihr zu. „Johanna, bitte schenken Sie Miranda doch ein“, sagte er. Und dann schaute er woanders hin und erzählte einen Witz, über den alle lachen mußten. Miranda war die einzige, die nicht lachte. Da nahm der Vetter ihre Hand und drückte sie.

„Mach kein so trauriges Gesicht“, sagte er. „Sonst fang ich gleich an zu weinen. Ich bin so sensibel. Aber ein umgekipptes Glas, das würde mich nie im Leben zum Weinen bringen. Ich hab schon eine Menge Gläser umgeworfen. Darüber kann man doch bloß lachen.“

Miranda sah ihn unglücklich an. „Ich bin eben nur ein Bauernmädchen“, sagte sie. „So jemand wie ich sollte nie zu Einladungen gehen.“

Er hatte ihre Hand nicht losgelassen und drückte sie jetzt noch fester.

„Ich hab gar nicht gewußt, daß Bauernmädchen anders sind als andere“, meinte er. „Ehrlich gesagt kenne ich einige Bauernmädchen. Allerdings hat keine von ihnen so ausgesehen wie du.“

„Na, da haben sie ja Glück gehabt", sagte Miranda und begann weiterzuessen.

„Lach doch ein bißchen", sagte er. „Sonst vergeht mir der Appetit."

„Der scheint bisher ja noch ganz in Ordnung zu sein", sagte Miranda schmunzelnd. Jetzt machte sie sich keine Sorgen mehr. Schlimmer konnte es nicht mehr werden. Also war es besser, weiterzuessen und das Beste aus dem Fest zu machen. Das Eis, das es als Nachtisch gab, würde sie ganz gewiß nicht verklekkern.

Die Kommode tanzt

Nach dem Essen wurde getanzt. Vom Grammophon erklang moderne Tanzmusik, ein Foxtrott. Alle mußten mit ihren Tischnachbarn tanzen. Der Vetter versuchte, Miranda zu führen, aber ihre Füße rutschten ständig hin und her, nur nie in die Richtung, die der Vetter sich vorgestellt hatte. Schließich blieb er stehen.

„Komisch", sagte er. „Du siehst aus wie eine Elfe und tanzt wie eine Kommode."

Miranda hätte am liebsten geweint. So was Schlimmes hatte bisher noch nie jemand zu ihr gesagt. Sie war schon mit allem möglichen verglichen worden. Mit einem Troll und einer Waldhexe. Aber eine Kommode ...

„Hast du noch nie getanzt?“ fragte er.

Miranda schüttelte den Kopf.

„Ich möchte nach Hause“, flüsterte sie.

„Du darfst nicht nach Hause. Ich werde dir das Tanzen beibringen. Komm ...“

Er zog sie mit sich in die Bibliothek. Hier war die Musik nur noch schwach zu hören.

„Schau her“, sagte er. Und dann begann er zu tanzen. Er tat so, als hielte er ein Mädchen im Arm, das er durchs Zimmer führte. Er schielte zu Miranda rüber. „Horch auf die Musik“, sagte er. „Versuch, sie in dir zu spüren, den Rhythmus zu fühlen. Bewege dich dazu ... Nur so kannst du die Schritte lernen. Du darfst nicht bloß steif wie ein Stock stehen bleiben.“

„Wie eine Kommode“, sagte Miranda.

Da lachte er und kam her und legte ihr den Arm um den Rücken. Blieb auf der Stelle stehen und tanzte trotzdem. Durch seinen Körper spürte sie den Rhythmus der Musik. Sie paßte sich ihm an.

„Bitte sehr, jetzt bist du ganz gelöst“, sagte er. „Jetzt werde ich dir die Schritte beibringen.“

Die Musik verstummte, aber inzwischen brauchten sie keine Musik mehr. Der Vetter nahm Mirandas Hand und brachte ihr Schritt für Schritt bei, und sie folgte ihm. Die einzelnen Schritte waren nicht schwierig, die hatte sie schnell gelernt.

„So, und jetzt tanze allein“, sagte er, als die Musik wieder anfing.

Sie hatte plötzlich ihre Schüchternheit abgelegt, ließ den Rhythmus in ihren Körper dringen und tanzte allein die Schritte, die er ihr beigebracht hatte. Eine Zeitlang stand er daneben und sah ihr zu. Dann trat er vor und legte den Arm um sie, und tanzte mit ihr. Es war herrlich zu tanzen, es machte sie richtig froh.

„So, nun kannst du es“, sagte er. „Du tanzt gut – wie eine Elfe. Jetzt gehen wir zu den anderen rein.“

„Das mit der Kommode war nicht nett von dir“, sagte Miranda.

„Verzeih mir. Ich hab's nicht so gemeint.“

„Doch, das hast du ... Aber ich weiß nicht, ob ich zu den anderen reingehen kann. Elfen tanzen nicht in nassen Kleidern.“

„Elfen werden auch manchmal naßgeregnet. Und der Elfenjunge ist übrigens genauso naß. Jetzt haben sie wieder eine Platte aufgelegt. Komm, wir gehen rein und tanzen.“

Es wurde ein wunderschönes Fest. Noch nie hatte Miranda sich so glücklich gefühlt. Und sie tanzte, bis das Kleid trocknete. Am allermeisten tanzte sie mit dem Vetter. Wenn das Fest nur nie zu Ende ginge, dachte sie. Doch alle Feste sind einmal zu Ende.

Anschließend fuhr Jonsson, der Chauffeur, alle Gäste nach Hause, die einen weiten Heimweg hatten.

Lovisa war noch wach, als Miranda heimkam.

„Na, war dein erster Ball gelungen?“ wollte sie wissen.

„So schön werde ich es nie wieder in meinem ganzen Leben haben.“

„O doch, das wirst du, davon bin ich überzeugt. Also wurde es genauso, wie ich gehofft hatte. Meine Tochter war die Ballkönigin."

„Das war ich nicht. Aber ich habe mit Gulls Vetter aus Stockholm getanzt. Er heißt Sigvard."

„So, so! Das muß aber ein netter Vetter gewesen sein."

„Ja, das ist er ... und er sieht gut aus und ist sehr lustig. Ich tanze wie eine Kommode, hat er gesagt."

„Höflich war er offensichtlich nicht."

„Aber so hab ich doch getanzt."

„Versuch es zu vergessen."

„Das werde ich nie vergessen ..."

Und damit ging sie ins Bett. Als Lovisa noch einmal zu ihr reinschaute, schlief sie bereits fest.

Nichts als Sorgen

In jeder Pause versuchte Miranda mit Gull zu reden. Aber Gull war immer nur mit Rigmor, der Tochter des Buchhändlers, zusammen. In den Pausen gingen sie eng umschlungen und flüsterten einander Geheimnisse zu. Miranda hatte jedoch keine Hemmungen. Sie versuchte sich ihnen anzuhängen, obwohl die beiden ihr deutlich zeigten, daß sie unerwünscht war. Eines Tages kam Rigmor nicht in die Schule. Miranda fragte Gull ohne Umschweife, was sie wissen wollte: „Ist dein Vetter schon abgereist?"

8 4414-12

Gull sah sie erstaunt an.
„Natürlich. Er muß doch in die Schule."
„Wieso hatte er dann Zeit, zu deinem Fest zu kommen?"
„Weil es an einem Samstag war und sein Vater auf der Durchreise war. Er hat bei uns übernachtet."
„Der Vater?"
„Nein, Sigvard. Warum fragst du nach Sigvard?"
„Nur so. Er hat mir übrigens das Tanzen beigebracht. Das war nett von ihm."
„Sigvard ist nicht besonders nett. Ich habe ihn nie ausstehen können. Immer muß er einen ärgern."

Es gelang Miranda nicht, allzuviel über den Vetter in Erfahrung zu bringen. Jedesmal läutete die Pausenglocke ausgerechnet dann, wenn sie nach dem Wichtigsten fragen wollte. Wie alt er war? Würde er bald wiederkommen? Hatte er eine Freundin? Bisher hatte sie sich noch nie für Jungen interessiert. Vielleicht für Harry, aber das war nicht dasselbe wie mit Sigvard. Vielleicht hatte Gull irgendein Foto von ihm? Am liebsten wäre sie mit Gull nach Hause gegangen, um nachzuschauen.

Aber Gull lud sie nicht zu sich ein. Und Rigmor blieb nur einen einzigen Tag lang weg. Außerdem hatte Miranda anderes zu tun. Da waren der Nachhilfeunterricht bei Herrn Bengtsson und die Malerei beim Goldschmied. Und bald würde sie Mama besuchen müssen. Sie konnte nie vergessen, wie schlimm es gewesen war, als Mama auf der Straße hinter ihr her gerufen hatte. Jeden Abend, bevor sie einschlief, mußte sie daran denken. Arme Mama.

Der Unterricht bei Herrn Bengtsson verlief problemlos. Er behauptete, daß sie gar nicht unbegabt für Mathematik sei. Sie denke nur manchmal verkehrt.

Allmählich war Herr Bengtsson wieder der alte. Seine Kleidung saß wieder besser, und er wurde wieder gesprächiger. Er war fest davon überzeugt, daß Miranda die nächste Mathematikarbeit gut schaffen würde.

„Mein kleines Fräulein, du bist zwar keine Mathematikerin, aber du hast einen klaren Kopf. Laß dich nicht von idiotisch formulierten Rechenaufgaben verwirren. Benütze deinen Verstand, und du kriegst eine gute Note, das darfst du mir glauben."

Diese Worte flößten ihr Mut und Zuversicht ein.

Beim Goldschmied ging weiterhin alles gut. Die Prinzessin saß in ihrer Kammer in ihrem selbstgemalten Wald und sang vor sich hin. Der Goldschmied hatte eine große Rolle weißes Packpapier und billige Farbe gekauft. Birgittas Mutter mußte ihre Tochter jeden Abend in die Badewanne stecken, weil die Malerin selbst genauso viel Farbe abbekam wie das Papier.

Nach Weihnachten sollte der große Schrank abgelaugt werden, damit Miranda ihn bemalen konnte. Bis dahin durfte Birgitta wild drauflos pinseln.

Irgendwann würde Miranda auch Mama besuchen müssen. Aber wo sollte sie nur die Zeit hernehmen? Nachmittags wurde es früh dunkel. Sie wollte den weiten Weg nicht allein in der Dunkelheit zu Fuß zurücklegen. Vielleicht könnte Albert sie fahren?

Eines Nachmittags nach der Schule schaute sie in der Schreinerei vorbei. Außer Otto war niemand dort.

„Vater steckt bis über die Ohren in Arbeit“, sagte er. „Jetzt vor Weihnachten müssen wir uns unheimlich ins Zeug legen. Alle möchten ihre Sachen vor den Feiertagen fertig haben. Manche Leute verschenken doch tatsächlich alte Möbel. Die spinnen wirklich. Wer will schon einen alten Stuhl als Weihnachtsgeschenk haben?“

„Wie geht's Edla?“ erkundigte sich Miranda. „Ist ihr Vater inzwischen ein bißchen netter?“

Otto warf ihr einen finsteren Blick zu.

„Dieser Scheißkerl“, sagte er. „Der hat ja nicht alle Tassen im Schrank. Neulich abends hat er mich mit einem Knüppel durch die Straßen gejagt. Den Leuten sind fast die Augen aus dem Kopf gefallen, so sehr haben sie gegafft. Zuerst ich, dann ‚Max mit dem Fuß‘ und schließlich Edla als Schlußlicht. Das war vielleicht ein Anblick!“

„Hast du Dresche gekriegt?“

„Sonst noch was? Dieser alte Knacker kann mich doch nie im Leben einholen. Aber Edla hat mir leid getan. Sie hat sich für ihren Vater geschämt. Und anschließend wurde sie daheim fertiggemacht, daß man es bis auf die Straße hinaus hörte.“

„Was hattet ihr denn gemacht?“

„Gemacht? Nichts – überhaupt nichts! Wir standen

bloß in der Haustür und unterhielten uns. Und dann kam der Alte mit dem Knüppel rausgestürzt und schrie, jetzt würde ich mal erleben, was einem Kerl passiert, der seine Tochter verführt. Er schwang den Knüppel und sah richtig mordlustig aus. Ich hatte keine Lust, mich mit dem Alten zu prügeln, also bin ich ab durch die Mitte. Wer hätte das gedacht, daß dieser alte Knochen noch so flink auf den Beinen ist! Wie ein Hase ist er auf seinem Klumpfuß hinter mir hergehüpft. Das muß ausgesehen haben wie im Kino ..."

„Laß lieber die Finger von den Mädchen", sagte Miranda. „Weißt du noch, als die Klempnersbuben dich verdroschen haben, weil du ihrer kleinen Schwester geholfen hast?"

„Blödsinn", brummte Otto und hobelte an einem Brett, daß die Späne nur so wirbelten. „Aber du brauchst dir nicht einzubilden, daß Vater Zeit hat, dich zum Eselsberg zu fahren. Da mußt du schon selbst rauflatschen. Am Sonntag, hast du doch genügend Zeit. Ich war letzten Sonntag oben bei ihr."

„Hat sie geheult?"

„Nein, aber froh war sie nicht. Und kalt war's im Häuschen. Ich hatte ganz vergessen, daß wir es so kalt hatten. Sie kann einem leid tun ..."

Miranda ging hinaus und nahm ihren Tretschlitten, um nach Hause zu fahren und Mathematik zu üben. Am nächsten Tag wartete eine Klassenarbeit auf sie, die letzte vor Weihnachten. Und am Sonntag mußte sie zu Mama. Nichts als Sorgen ...

Darüber macht man keine Witze

Miranda schob den Tretschlitten zum Eselsberg hinauf. Es war ein strahlender Wintersonntag, mit dickem Schnee, der in der Sonne glitzerte. Der Weg war gut geräumt, auf dem Heimweg hatte sie eine herrliche Abfahrt vor sich. Dieser Tretschlitten war etwas ganz anderes als der alte Kindertretschlitten, den sie letzten Winter gehabt hatte und mit dem sie immer wieder seitlich in den Schneewehen gelandet war.

Der Besuch bei Mama fiel ihr ziemlich schwer. Hoffentlich hatte sie vergessen, wie es letztes Mal gewesen war. Sie vergaß meistens ziemlich rasch. Und manchmal sagte sie Sachen, die sie gar nicht so meinte, nur weil sie schlechter Laune war. Und dann behauptete sie alles mögliche, das nicht stimmte. So wie das mit dem Kind zum Beispiel.

Miranda stellte den Tretschlitten neben dem Gartentor ab und ging langsam auf das kleine Haus zu. Seit dem letzten Mal war es noch kleiner und grauer geworden, schien fast im Schnee zu versinken. Aus dem Schornstein kam Rauch, das hieß, daß Mama daheim war und die Küche geheizt hatte.

Aber wenn nun Helmer auch da war? Dieser ekelhafte Kerl. Den wollte sie nicht bei Mama antreffen. Dann würde sie sofort an der Tür kehrtmachen. Sie klopfte vorsichtig und hörte Mama „herein“ rufen. Mamas Stimme klang laut und klar. Das bedeutete entweder, daß sie Besuch hatte oder daß sie guter Laune war.

Doch nichts deutete darauf hin, daß es Mama gutging. Sie saß im Nachthemd auf dem Küchensofa, hatte sich nur eine Strickjacke übergezogen und las eine Zeitschrift. Ihre Haare waren unfrisiert. Auf dem Tisch lagen ein Kamm voller Haare und eine Bürste. Die Küche wirkte unaufgeräumt. Neben Mama auf dem Sofa schlief die rote Katze von Frau Blum. Mama warf Miranda einen gleichgültigen Blick zu.

„Ach, du bist es ...“

„Wen hast du denn erwartet?“

„Frau Blum. Ich habe ihre Katze gehütet, während Frau Blum im Krankenhaus war. Danach ist sie bei ihrem Bruder gewesen, um sich zu erholen. Sie wollte heute nach Hause kommen. Die Katze wird mir fehlen. Sie war eine nette Gesellschaft.“

Mama klang so, als wäre Miranda nur kurz draußen vor der Tür gewesen, seit sie sich zuletzt gesehen hatten. Miranda zog den Mantel aus, ihren neuen, schönen dunkelblauen Mantel, der einen kleinen Lederrand am Kragen hatte. Die Mütze war aus demselben Stoff und hatte ebenfalls einen Lederrand. Hoffentlich freute Mama sich darüber, daß Miranda so elegant war. Aber Mama sagte nichts.

Miranda setzte sich an den Tisch. Mama schaute in ihre Zeitung.

„Draußen ist schönes Wetter", sagte Miranda. „Die Luft ist klar und frisch. Du solltest ein bißchen rausgehen, siehst blaß aus."

„Ich krieg genügend frische Luft auf dem Weg zur und von der Arbeit. Wenn ich frei habe, muß ich mich ausruhen. Während der Arbeit bin ich mehr als genug auf den Beinen. Willst du was Besonderes, weil du mich besuchst? Oder bist du bloß gekommen, um mir zu sagen, daß ich schlecht aussehe?"

„Ich hab nicht gesagt, daß du schlecht aussiehst. Blaß, hab ich gesagt. Und ich wollte einfach einen Besuch machen. Ich war schon lang nicht mehr hier."

„Das hab ich gemerkt."

„Ich hab viel zu tun."

„Kann ich mir denken. Lauter hochgestochenes Zeug."

„Kein bißchen hochgestochen. Hausaufgaben sind auch Arbeit. Und außerdem helfe ich dem Goldschmied."

„Wozu brauchen die denn Hilfe? Wagen sie etwa, dich im Laden mitarbeiten zu lassen, nach der Sache mit der Perlenkette damals?"

Allmählich wurde Miranda ärgerlich. Sie war nicht hergekommen, um sich Bosheiten anzuhören. Sie stand auf.

„Willst du schon wieder gehen?"

„Du freust dich ja gar nicht über meinen Besuch. Ich wollte dir eine Freude machen und dir was Schönes erzählen."

„Setz dich und schieß los."
„Ich habe die letzte Matheklassenarbeit geschafft. Und zwar gut. Im Weihnachtszeugnis krieg ich ein Ausreichend."
„Na, das ist ja schön. Allerdings bin ich davon ausgegangen, daß du in der Schule tüchtig bist. Warum sollte Lovisa sonst so viel Geld für dich ausgeben?"
„Es reicht nicht, daß man dafür bezahlt. Man muß auch fleißig sein und gute Klassenarbeiten schreiben. Und das sind nicht wenige, kann ich dir sagen."
„Selber Schuld. Kein Mensch hat dich gezwungen."
„Und außerdem geht's der Birgitta vom Goldschmied besser, seit ich ihr das Malen beigebracht habe."
„Ja, davon hab ich gehört. Sie soll ja das ganze Haus vollschmieren. Sämtliche Wände voller fürchterlicher Bilder."
„Das stimmt nicht. Sie malt nur in ihrem Zimmer. Und sie malt gut. Vielleicht nicht so wie ein richtiger Künstler, mehr wie ein Kind. Das nennt man naive Malerei."
„Aha, dafür gibt's also sogar einen Namen. Da werden der Goldschmied und seine Frau sich aber freuen."
„Das tun sie. Und ich darf einen Schrank für sie bemalen. Mit einem biblischen Motiv. Den Erzengel Gabriel mit der Jungfrau Maria."

Mama begann zu lachen, ja, sie mußte sich den Bauch halten vor Lachen. Und da sah Miranda es. Das mit dem Kind war kein leeres Geschwätz gewesen. Das Nachthemd unter der Strickjacke spannte über Mamas Bauch.

Mama sah ihren Blick.

„Aha, jetzt merkst du es."

„Ich hab geglaubt, das mit dem Kind ist nur ein Scherz gewesen."

„Damit scherzt man nicht. Ich freu mich darauf, wieder ein Kind im Haus zu haben. Hier ist es lange genug leer gewesen."

„Du freust dich darüber?"

„Du hast doch gehört, was ich gesagt habe!"

„Und was sagt Hilmer dazu?"

„Das geht dich gar nichts an. Das ist meine Sache. Willst du Kaffee?"

„Nein danke. Ich trinke keinen Kaffee mehr."

„Das schickt sich wohl nicht mehr. Hier in der Nachbarschaft trinken sämtliche Gören Kaffee."

„Bist du an Weihnachten hier? Oder ..."

„Was hast du denn geglaubt? Glaubst du, ich fahre in irgendein Hotel. Seit ich hier wohne, habe ich immer hier Weihnachten gefeiert. Vielleicht bist du dann hier ... und Otto kommt möglicherweise auch ... Weihnachten verbringt man ja meistens mit seinen Kindern."

„Du könntest doch zu uns nach Oberkirschberg kommen. Wir haben reichlich Platz. Lovisa hofft, daß alle kommen, Albert und Otto und du ..."

„Ja, das könnte euch so passen ... Soll ich mir mein Weihnachten durch so eine Gesellschaft versauen lassen? O nein, gnädiges Fräulein, wenn ihr nicht zu mir kommt, mach ich es mir alleine gemütlich. Es kann ja auch sein, daß irgendein netter Besuch hereingeschneit kommt. Das ist schon öfter passiert ..."

„Und dann haust du auf den Putz", sagte Miranda und stand auf.

„Genau das ..."

„Falls du es dir noch anders überlegst, bist du in Oberkirschberg willkommen. Das soll ich dir von Lovisa ausrichten."

Zwei Erzengel

Zwei Tage vor Heiligabend klingelte Miranda an der Tür des Goldschmieds. Sie wollte mit ein paar Tannenzweigen frohe Weihnachten wünschen und gleichzeitig ihren Entwurf für den Schrank zeigen – den Erzengel Gabriel und Maria. Sie selbst fand ihre Skizze gut und war gespannt, was der Goldschmied und seine Frau dazu sagen würden.

Die Skizze war farbig, Gabriel war mit einer roten Jacke und blauen Hosen bekleidet. Die Farben waren sehr schön, ein flammendes Rot und ein leuchtendes Blau. Das Rot bildete einen starken Kontrast zu Gabriels schwarzem Haar. Einen solchen Engel hatte bestimmt noch nie jemand gesehen, nicht einmal auf einem Bauernschrank.

Und die Maria war auch recht ungewöhnlich. Wunderschön saß sie da in ihrem langen hellblauen

Kleid. Vor ihr stand ein kleiner Tisch, auf den sie ihre Arme aufgestützt hatte. Den Kopf hatte sie in die Hände gelegt und sah Gabriel verwundert an. Er kniete ihr zu Füßen, streckte den einen Arm aus und schien ihr erklären zu wollen, was für ein Wunder sie erwartete. Aber Maria schien das nicht ganz zu begreifen. Miranda hoffte, der Goldschmied und seine Frau würden erkennen, wie schön dieses Verkündigungsbild war. Hoffentlich ließen sie den alten Schrank in Birgittas Zimmer mit diesem Bild bemalen!

Es dauerte eine Weile, bis man ihr öffnete. Frau Berger kam persönlich an die Tür. Sie freute sich über den Weihnachtsgruß und sah ungewöhnlich fröhlich aus.

„Du mußt mit nach oben kommen und Birgittas neues Bild bewundern“, sagte sie. „Es ist ganz phantastisch. Sie hat ihren Schrank bemalt.“

„Den hat sie doch schon bemalt. Sie wollten ihn doch ablaugen lassen, damit ich ihn bemalen kann.“

„Ja, das ist auch geschehen. Aber Birgitta malte sofort ein neues Bild. Komm mit und schau dir's an.“

„Ich wollte Ihnen eigentlich mein Bild zeigen“, sagte Miranda und holte ihren Entwurf hervor.

Frau Berger sah das Bild verwundert an. Miranda wurde unruhig. War es schlecht? Vielleicht konnte Frau Berger sich einen solchen Engel und eine solche Maria nicht vorstellen? Vielleicht ging ihr Mirandas Phantasie zu weit?

Der Goldschmied kam ihnen auf der Treppe entgegen. Frau Berger reichte ihm Mirandas Bild.

„Sieh mal“, sagte sie. „Ist das nicht seltsam?“

Der Goldschmied nahm das Bild und machte ein genauso verwundertes Gesicht wie seine Frau.

„Ist es schlecht?“ flüsterte Miranda. „Das soll so eine Art Bauernmalerei sein. Da dürfen Engel so aussehen und brauchen keine langen weißen Kleider anzuhaben.“

„Es ist schön“, sagte der Goldschmied. „Wunderschön. Aber erstaunlicherweise sieht das Bild auf Birgittas Schrank ganz ähnlich aus. Komm mit und schau dir's an.“

Miranda ging mit ihm die Treppe zu Birgittas Zimmer hinauf. Die Tür war angelehnt. Birgitta hatte kein Bedürfnis mehr, auszureißen. Dafür hatte sie keine Zeit, sie mußte malen. Jetzt gerade kniete sie vor dem großen Schrank und malte die Füße ihrer Figuren.

Verblüfft starrte Miranda den Schrank an. Birgitta hatte den Erzengel Gabriel gemalt, der vor Maria kniete. Dieser Engel breitete beide Arme aus. Es sah aus, als würde er um Vergebung bitten. Maria saß auf einem goldenen Stuhl, hatte eine Krone auf dem Kopf und lächelte Gabriel an – mit einem etwas spöttischen Lächeln. Sie schien seinen Worten nicht so recht glauben zu wollen.

Das Bild war grob, ohne feine Einzelheiten, als ob ein kleines Kind es gemalt hätte. Aber trotzdem wirkte es völlig überzeugend. Es war ein Bild, das einen ansprach.

Birgitta drehte sich um und sah Miranda an.

„Gefällt dir mein Bild?“ fragte sie.

„O ja ... Ich habe ein ähnliches Bild gemalt. Den Erzengel Gabriel und Maria.“

„Dies ist mein Vater, der König“, erklärte Birgitta. „Mein Vater und die Prinzessin Florence. Siehst du, daß ich das bin? Er bittet mich um Vergebung, weil er mich so lange hat warten lassen. Er will, daß ich mit ihm komme.“

„Vergibst du ihm?“

„Vielleicht ... Wenn er richtig lieb bittet, werde ich mitkommen.“

Und damit widmete sie sich wieder den Füßen des Königs.

Miranda ging mit Birgittas Eltern in den Flur hinaus. „Jetzt brauchen Sie mein Bild nicht mehr“, sagte sie.

„Natürlich mußt du dein Verkündigungsbild malen“, sagte der Goldschmied. „Und zwar als richtiges Gemälde auf der Leinwand. Für uns als Erinnerung – als Erinnerung daran, daß du unsere Birgitta so glücklich gemacht hast.“

Ein Geschenk für Mama

Es gab noch mehr Personen, denen Miranda einen Weihnachtsgruß bringen wollte. Sie fragte im Badehaus nach Mama, doch die war nicht da.

„Sie ist nicht zur Arbeit erschienen, obwohl heute nicht ihr freier Tag ist“, sagte die Dame an der Kasse. „Vielleicht ist sie krank.“

Miranda machte sich Sorgen, als sie den Weg zum Eselsberg hinaufstapfte. Entweder war Mama krank, wie die Dame vermutete, oder aber sie hatte auf den Putz gehauen. Die Kesselflicker pflegten in der Weihnachtszeit aufzutauchen. Und wenn die kamen, vergaß Mama alles – Kinder, Arbeit und Pflichten.

Doch Miranda würde trotzdem ihr Weihnachtsgeschenk abliefern und Mama noch einmal zu Weihnachten nach Oberkirschberg einladen. Platz genug war ja da. Aber Mama würde natürlich nie im Leben mit Lovisa Weihnachten feiern wollen. Und Miranda wollte Weihnachten nicht auf dem Eselsberg verbringen. Das war alles sehr schwierig.

Sie stellte den Tretschlitten vor Mamas Häuschen hin. Vor der Treppe war der Schnee weggeräumt. Aus dem Schornstein stieg Rauch. Miranda spürte schon von außen, daß drinnen im Haus alles in Ordnung war.

Diesmal saß Mama angezogen und frisiert auf dem Küchensofa. Alles sah adrett und sauber aus. Mitten auf dem Tisch stand der Weihnachtsleuchter. Im Herd knisterte ein gemütliches Feuer, und es roch nach Kaffee. Miranda war ganz erleichtert und hätte Mama am liebsten umarmt.

„Ich komme, um dir frohe Weihnachten zu wünschen.“

„Wie lieb von dir", sagte Mama. „Ich wünsche dir ebenfalls frohe Weihnachten."

Miranda holte ihr Päckchen hervor.

„Eigentlich solltest du es ja erst an Heiligabend kriegen, aber ich weiß ja nicht, ob du nach Oberkirschberg kommen willst. Lovisa läßt grüßen und sagt, du seist willkommen."

„Danke", sagte Mama. „Ich hab schon andere Pläne."

„Kriegst du Besuch?"

„Ich bin eingeladen."

„Zu Hilmer?"

Da verschwand der frohe Ausdruck von Mamas Gesicht. „Möchte bloß wissen, was du mit diesem ewigen Hilmer hast", fauchte sie. „Das ist wohl eine fixe Idee von dir, oder was?"

Miranda warf einen kurzen Blick auf Mamas Bauch. Wie konnte man Hilmer vergessen, wenn man sein Kind im Bauch hatte? „Ich war vorhin in der Badeanstalt", sagte sie. „Die wundern sich, daß du nicht gekommen bist."

„Dort hör ich auf", erklärte Mama. „Es ist viel zu anstrengend, sich dauernd zu bücken und Leute und Badewannen zu schrubben, wenn man ein Kind im Bauch mit sich herumträgt."

„Aber du hast nicht gekündigt."

„Das kommt noch ... Heute hab ich mich nicht wohlgefühlt. Das ist manchmal so, wenn man ein Kind erwartet."

Miranda begann sich sofort wieder Sorgen zu machen. Immer mußte Mama alles kaputt machen. Sie hätte doch bestimmt noch ein Weilchen weiterarbeiten können? Wovon wollte sie überhaupt leben, wenn Hilmer sie nicht unterstützte?

Miranda hatte ihren Mantel gar nicht erst ausgezogen. Sie trat zu Mama hin und gab ihr die Hand. Die Lust, sie zu umarmen, war ihr vergangen. „Frohe Weihnachten", sagte sie. „Hoffentlich hast du es richtig schön."

Das Päckchen legte sie auf den Tisch. Sie hatte es hübsch verpackt und mit rotem Lack versiegelt. Hoffentlich freute Mama sich über das Bild, das sie gemalt hatte: Mamas Haus im Sommer, umgeben von tausend Ringelblumen, die wie kleine Sonnen leuchteten.

Mama stand auf. Ihr war die Lust nicht vergangen, Miranda zu umarmen. Sie legte die Arme um Miranda. „Lieb von dir, daß du mir ein Weihnachtsgeschenk gebracht hast", sagte sie. „Tut mir leid, daß ich nichts für dich habe. Aber ich wünsche dir trotzdem ein richtig schönes Weihnachtsfest."

Miranda verabschiedete sich. Zu dumm, daß ihr so schnell die Tränen kamen. Und als sie dann auf dem Tretschlitten bergab sauste, kullerten sie unaufhörlich über ihre Wangen.

Mama hatte sich nicht einmal die Mühe gemacht, ihr wenigstens ein klitzekleines Weihnachtsgeschenk zu besorgen.

9 4414-12

Überall nichts als Liebe

Lovisa hatte Tag und Nacht geschuftet, um ein richtig festliches Weihnachten vorzubereiten, das erste Weihnachten, das Miranda und sie zusammen feiern würden. Sie erwarteten Gäste: am Vormittag Harrys Familie und abends Albert und Otto. Vielleicht käme noch ein Gast, hatte Albert mit geheimnisvoller Miene angedeutet. Schmunzelnd hatte er erwähnt, daß er vielleicht seine Verlobte vorstellen werde.

Das hörten weder Otto noch Miranda gern.

„Vater hat es doch nicht nötig, um irgendwelche Frauenzimmer herumzuscharwenzeln“, brummte Otto.

Miranda war enttäuscht. Zwar wollte sie nicht, daß Albert Lovisa heiratete. Aber wenn schon eine Hochzeit innerhalb der Familie stattfinden mußte, dann würden Lovisa und Albert immer noch am besten zusammenpassen. Der Holzhacker hatte seine erfolglosen Bemühungen um Lovisa offensichtlich aufgegeben, Miranda hatte ihn nämlich mit einer dicken Frau durch die Gegend spazieren sehen.

„Den bist du los“, sagte sie zu Lovisa. „Er wäre sowieso nichts für dich gewesen.“

Lovisa hatte gelächelt. Vielleicht war ihr Lächeln ein klein wenig traurig gewesen. Arme Lovisa – wenn es tatsächlich stimmte, daß Albert am Heiligabend seine Braut vorstellen wollte, hatte sie gleich zwei Bewerber verloren.

Überall nichts als Liebe. Die Leute schienen nichts anderes im Kopf zu haben. Miranda beschloß, niemals so albern zu werden. Und das sagte sie auch zu Lovisa. „Uns geht's gut, weil wir ohne diese dämlichen Mannsbilder auskommen."

Da hatte Lovisa gelacht.

„Na, bist du jetzt auch ganz ehrlich?" hatte sie gesagt. „Vielleicht kommen wir doch nicht ganz ohne diese Mannsbilder aus. Wenn mich nicht alles täuscht, hast du nach dem Fest beim Doktor ziemlich heftig für einen gewissen Sigvard geschwärmt."

„Ach der! Das war doch bloß Gulls hochnäsiger Vetter aus Stockholm. Der ist doch viel zu alt. Aber er kann gut tanzen, das muß ich zugeben ..."

Am Nachmittag vor Heiligabend war alles fertig. Das Haus war wunderschön geschmückt. In sämtlichen Leuchtern steckten Kerzen. Auf dem Küchentisch lagen saubere Flickenteppiche. Der große Waschkorb stand voller Weihnachtsgeschenke in der Küchenkammer. Lovisa und Miranda blickten in den frisch gefegten Hof hinaus und sahen zum Apfelbaum hinüber, wo sich Vögel über die Garbe, die dort hing, hermachten.

„Wie auf einer Weihnachtskarte", sagte Lovisa.

Später kam der Briefträger und steckte eine Menge Post in den Briefkasten unten am Tor. Miranda schlüpfte in ihre Stiefel und lief hinaus, um sie zu holen. Vier Weihnachtskarten und zwei Briefe. Eine

Weihnachtskarte war für Miranda.

Liebe tanzende Kommode! Frohe Weihnachten wünscht dir Dein Tanzlehrer.

Miranda lief vor Freude rot an.

Lovisa lächelte.

„Du hast ja ganz rote Backen“, sagte sie.

„Da hat sich jemand einen Witz erlaubt“, erklärte Miranda und stopfte die Karte in ihre Schürzentasche.

Lovisa las den ersten Brief. „Er ist von meinem Bruder in Stockholm. Vielleicht kommt er zu Neujahr her, es gibt noch viel über Oberkirschberg zu diskutieren.“

„Ist das denn immer noch nicht geregelt?“ seufzte Miranda. „Da muß man sich ja schon wieder Sorgen machen.“

„Das kommt schon in Ordnung“, meinte Lovisa und öffnete den zweiten Brief. Sie las, ohne etwas zu sagen. Es war ein ziemlich langer Brief.

Miranda saß schweigend daneben. Briefe waren ihr unheimlich. Sie mußte an den Brief von Lovisas verstorbener Mutter denken. Aber ein Brief, der mit der Post kam, konnte nicht gut von einem Verstorbenen kommen. „Von wem ist er?“ fragte sie schließlich. „Du siehst so komisch aus.“

„Von deinem Vater.“

„Was will er?“

„Er erzählt von einem Traum.“

„Hat er dir nur deshalb geschrieben, um dir seinen Traum zu erzählen? Was hat er denn geträumt?“

„Er hat von einem Mädchen geträumt."

„Warum muß er dir das erzählen? Damit hast du doch nichts zu tun."

„Er schreibt noch mehr. Er sagt, daß er sein Leben allmählich in geordnete Bahnen gebracht hat. Damals, als er vor unserem Tor stand, das sei wie ein Wendepunkt gewesen. Er schreibt, er sei in die Irre gegangen. Als einziges Kind habe er die Erwartungen seiner Eltern nicht erfüllt. Er sei von zu Hause durchgebrannt. Er hatte geglaubt, daß er Künstler werden könne, doch das sei ihm nicht gelungen. Nichts sei ihm gelungen. Doch nach jener Begegnung an unserem Tor sei alles anders geworden. Er habe sich mit seinen Eltern versöhnt und eine Arbeit gefunden."

„Das verstehe ich nicht ganz", sagte Miranda. „Was ist denn ausgerechnet an unserem Tor passiert, und was hat das mit diesem Traum zu tun?"

„Er schreibt, er habe so seltsame Gedanken, seit er jenes Mädchen am Tor gesehen habe. Das ist es, was er als Traum bezeichnet."

„Warum schreibt er ihr dann nicht?"

„Das tut er ja – beinahe. Das Mädchen, das bist du. Nachdem er Oberkirschberg verlassen hatte, hat er dieses Mädchen noch lange vor sich gesehen. Irgend etwas an ihrem Gesicht war ihm bekannt vorgekommen. Als er sich am nächsten Morgen rasierte, begriff er, was es gewesen war. Es sei wie ein Schock gewesen, schreibt er, in seinem Gesicht im Spiegel etwas zu sehen, was ihn an das Mädchen aus Oberkirschberg erinnerte. Er habe versucht auszurechnen, wie alt du wohl sein magst. Und dann habe er sich eingebildet, daß du seine Tochter seist. Für den Fall, daß er sich geirrt habe, möchte er sich bei dir entschuldigen. Er habe eben eine so lebhafte Phantasie. Er bilde sich immer wieder alles mögliche ein. Trotzdem hoffe er, daß ich ihm schreiben und ihm erzählen werde, wer dieses Mädchen sei."

Miranda blieb lange schweigend sitzen. Dies war das zweite Mal, daß sie am Küchentisch von Oberkirschberg saß und unglaubliche Dinge aus einem Brief erfuhr. Das erste Mal hatte der Brief von einer Mutter erzählt. Diesmal brachte der Brief ihr einen Vater.

„Was soll ich ihm schreiben?" fragte Lovisa.

„Schreib, daß ich mich darüber freue, daß er mein Vater ist. Schreib bald, damit er nicht warten muß."

Das Paket

Am Morgen des Heiligabends in Oberkirschberg aufzuwachen – etwas Wundervolleres konnte es nicht geben. Miranda blieb ein Weilchen im Bett liegen, um das Glücksgefühl auszukosten. Aus der Küche duftete es nach Kaffee. Lovisa war bereits aufgestanden. Es klapperte richtig gemütlich, als sie den Kaffeetisch deckte. Mirandas Zimmer lag zwischen dem großen Saal und der Webstube. Im Gästezimmer im oberen Stock war geheizt und das Bett gemacht, für den Fall, daß ein Gast übernachten wollte.

Miranda zerbrach sich den Kopf über den geheimen Gast. Wen mochte Albert wohl mitbringen? Sie hatte Lovisa schon danach gefragt. Aber Lovisa hatte nur geheimnisvoll gelächelt. Es war klar, daß Lovisa wußte, wer es war. Wie war es möglich, daß Lovisa so glücklich aussah, obwohl sie wußte, daß Albert seine Verlobte anschleppte?

Plötzlich richtete Miranda sich im Bett auf. Ihr war ein Licht aufgegangen. Es würde gar kein Gast kommen. Alberts Verlobte war Lovisa. Das war das Geheimnis! Das war natürlich die Überraschung, die sie sich für Heiligabend ausgedacht hatten!

Warum war sie nicht schon früher darauf gekommen! Aber sie würde so tun, als ahnte sie nichts. Sollten Lovisa und Albert ruhig weiterhin mit geheimnisvollen Gesichtern herumlaufen!

Eigentlich ärgerte sich Miranda ein bißchen über die beiden. Erwachsene Leute, die sich wie kleine Kinder benahmen! Und ausgerechnet jetzt, wo ihr Vater endlich ein Lebenszeichen von sich gegeben hatte, wollte Lovisa sich mit einem anderen Mann verloben. Ausgerechnet jetzt, wo alles in Ordnung kommen und sie sowohl ihre Mutter als auch ihren Vater bei sich haben könnte. Sie könnten alle drei in Oberkirschberg wohnen. Ihr Vater würde vielleicht wieder zu malen anfangen, und dann könnten sie zusammen malen. Die Bilder würden den Vater reich und berühmt machen, und sie würde sich nie mehr um Oberkirschberg Sorgen machen müssen.

Am liebsten wäre Miranda aus dem Bett gestürzt, um mit Lovisa zu reden und sie zur Vernunft zu bringen. Es war doch unmöglich, daß Lovisa Oberkirschberg verließ und zu Albert in die Schreinerei zog. Das mußte verhindert werden, bevor es zu spät war. Aber hatte sie jemals etwas verhindern können, was Erwachsene angezettelt hatten? Sie legte sich wieder hin.

Da ging die Tür auf, und Lovisa kam mit dem Weihnachtstablett herein. Kleine rote Leuchter mit brennenden Kerzen, ein Weihnachtsteller mit Safrankringeln und Pfefferkuchen und ein kleines Paket. „Frohe Weihnachten, mein liebes Kind", sagte Lovisa lächelnd und stellte das Tablett auf den Tisch neben dem Bett.

„Ach, ist das ein herrliches Weihnachten", rief Miranda und wollte aus dem Bett springen.

„Warte und mach erst das Paket auf", sagte Lovisa. „Die Leckereien gibt es nachher in der Küche."

Lovisa machte das Feuer im Kachelofen an. Sachte entfernte Miranda das Papier, bis eines der schönen Etuis zum Vorschein kam, die es beim Goldschmied gab. Lovisa setzte sich auf die Bettkante und sah genauso erwartungsvoll aus wie Miranda.

Nachdem Miranda den Deckel geöffnet hatte, blieb sie wie versteinert sitzen.

Dort auf dem roten Samt lag eine Perlenkette. Sie hatte früher schon einmal eine solche Perlenkette gesehen, die weißen Perlen auf der Haut gespürt und die Kette in einem Murmelbeutel um den Hals getragen. Jene weiße Perlenkette hatte ihr viel Kummer bereitet.

„Das ist ein Geschenk vom Goldschmied und seiner Frau", sagte Lovisa.

„Ich versteh das nicht ... Damals haben sie sich doch so über mich aufgeregt."

„Es ist ein Dankesgeschenk", erklärte Lovisa. „Sie wollen dir dafür danken, daß du Birgittas Leben so viel schöner gemacht hast. Lies die Karte."

Miranda nahm die Karte, die auf dem Tablett lag.

Frohe Weihnachten, liebe Miranda,
Danke, daß du Birgitta so glücklich gemacht und uns unser schönstes Weihnachten bereitet hast.
Hedwig und Ivar Berger

Miranda traten Tränen in die Augen. „Die Kette werde ich nie tragen können. Wegen einer weißen Perlenkette bin ich schon einmal unglücklich gewesen. Ich schäme mich ..."

„Unsinn", sagte Lovisa. „Zieh den Schmuck an und freu dich!"

Sie half Miranda mit dem Verschluß. Die Perlen fühlten sich genauso weich und kühl auf der Haut an wie damals. Sie trat an ihren kleinen Spiegel. Dann drehte sie sich zu Lovisa um. „Der Goldschmied und seine Frau sind die liebsten Leute auf der Welt", sagte sie.

„Und vielleicht auch die glücklichsten", fügte Lovisa hinzu. „So, und jetzt gehen wir in die Küche und probieren das Weihnachtsgebäck."

Das Weihnachtsgeschenk

Lovisa und Miranda sahen durchs Fenster, wie Harrys Familie zwischen den hohen Schneewehen angestapft kam. Die Verwandtschaft war zum Weihnachtskaffee eingeladen. Der Kaffeetisch war im Eßzimmer gedeckt. Die mit Tannenzweigen bestickte Tischdecke lag frisch gemangelt auf dem Tisch, die vielen Sorten von Gebäck, die Lovisa und Miranda gebacken hatten, standen bereit. Die Kerzen strahlten hell, und es roch schon von weitem nach Weihnachten.

Harrys Familie kam lärmend herein und stampfte sich im Hausflur den Schnee von den Füßen. Sie brachten Pakete mit und erhielten selbst auch Pakete zum Mitnehmen.

Alle umarmten und küßten einander. Doch als Harry Anstalten machte, Miranda zu umarmen, verzog sie sich hastig nach hinten. Dann setzte sie sich möglichst weit von ihm entfernt an den Tisch. Aber den Blickkontakt konnte sie nicht vermeiden. Harry schaute sie verschmitzt über Kerzen und Kuchen hinweg an.

Die Erwachsenen blieben lange am Kaffeetisch sitzen, Harry dagegen stand auf.

„Komm“, sagte er. „Ich hab was für dich.“

Miranda sah Lovisa an. Hoffentlich sagte Lovisa

jetzt, daß sie sitzenbleiben sollten, bis alle anderen ebenfalls aufstanden. Doch statt dessen lächelte Lovisa nur. „Ihr beiden könntet doch einen kleinen Spaziergang machen", schlug sie vor. „Sonst wird Miranda heute wohl gar nicht mehr an die frische Luft kommen. Wir hier haben einiges zu besprechen."

Das hieß natürlich, daß sie immer noch über den Hof sprachen. Das schien das einzige Gesprächsthema zu sein, das Lovisa und ihren Verwandten noch einfiel. Offensichtlich war es noch nicht sicher, daß Lovisa auf Oberkirschberg bleiben durfte.

Miranda folgte Harry in die Küche.

„Was hast du mir denn mitgebracht?" fragte sie. „Juwelen?"

„Du hast doch schon genügend Schmuck", sagte Harry. „Ich hab die Perlenkette die ganze Zeit anschauen müssen. Bist du schon wieder beim Goldschmied gewesen?"

„Jetzt bist du aber gemein!"

„Das war nicht so gemeint. Ich wollte nur Spaß machen."

„Ich erzähl dir ein andermal von der Halskette. Wollen wir rausgehen?"

„Wenn du unbedingt willst. Aber eigentlich hab ich von dem langen Spaziergang hierher schon genug."

„Den Weg gehe ich täglich zur Schule. Was willst du von mir? Warum konnten wir nicht drin bei den anderen bleiben?"

„Findest du das Geschwätz der Alten tatsächlich so

interessant? Möchtest du nicht lieber mit deinem großen Vetter allein sein?"

„Bitte sehr, du kannst sagen, was du willst. Ich höre zu."

Sie setzten sich aufs Küchensofa und blickten in die geräumige Küche mit den funkelnden Kupfergefäßen, den farbenprächtigen selbstgewebten Flickenteppichen, den roten Leuchten auf dem Tisch und den Fenstern mit ihren weißen Vorhängen, die mit Watte und Strohblumen zwischen den Scheiben abgedichtet waren.

„Schön ist es hier", stellte Harry fest. „Wenn wir erstmal die Bauersleute von Oberkirschberg sind, werden wir es genauso schön haben."

„Du wirst nie ein Bauer."

„Das haben wir doch schon ausgemacht. Ich hab mir in der Bücherei ein Buch über Landwirtschaft ausgeliehen. Und was hast du getan, um die Arbeit als Bäuerin zu lernen?"

„Ich lerne von Lovisa."

„Praxis zu haben ist nicht schlecht", meinte Harry. „Aber etwas Theorie kann auch nicht schaden. Soll ich dir das Buch leihen?"

„Nein danke. Ich hab so viele Bücher, die ich lesen muß, daß ich kaum nachkomme. Und das Melken schaffe ich auch ohne Bücher. Übrigens will ich vielleicht gar keine Kühe haben. Hühner und vielleicht ein Schwein genügen mir."

„Na, das wird aber keine besonders großartige Landwirtschaft", wandte Harry ein. „Wozu brauchen wir dann die Äcker und Wiesen?“

„Mattsons können das Land von Oberkirschberg doch weiterhin bewirtschaften“, sagte Miranda. „Lovisa kommt auch ohne Kühe zurecht. Und ich will Bilder malen. Zum Melken habe ich keine Zeit.“

„Du hast einfach Angst vor Kühen, das ist alles“, meinte Harry. „Du traust dich nicht zu melken.“

„Und du wirst nie im Leben mit den Pferden fertig“, entgegnete Miranda. „Ich bin davon überzeugt, daß du noch nie ein Pferd angeschirrt oder einen Wagen gelenkt hast. Würdest du es zum Beispiel schaffen, Mist zu fahren?“

Harry sah Miranda ein wenig betrübt an.

„Vielleicht werden wir zwei doch keine besonders guten Bauern“, sagte er.

„Man kann alles, was man will“, sagte Miranda. „Und wir haben noch viel Zeit vor uns.“

Plötzlich kamen die Erwachsenen in die Küche.

„Aus dem Spaziergang wurde wohl nichts?“ fragte Harrys Mutter lächelnd. „Und jetzt ist es zu spät. Jetzt müssen wir uns auf den Heimweg machen.“

Dann gingen sie in den Hausflur und vermummten sich mit Mänteln, Mützen und Schals. Harry stand auf, holte ein kleines Päckchen aus der Hosentasche und drückte es Miranda in die Hand.

„Frohe Weihnachten“, flüsterte er.

Miranda wurde rot.

„Ich hab nichts für dich ...“

„Macht nichts. Hauptsache, du versprichst mir, mein Weihnachtsgeschenk zu benützen."

Aber Miranda versprach nichts. Sie drückte vorsichtig auf das kleine Paket und ging dann hinein, um Lovisa beim Tischabräumen zu helfen.

Der Weihnachtsgast

Jetzt warteten Lovisa und Miranda auf ihre Gäste. Alles war für den Heiligen Abend vorbereitet. Der Christbaum im großen Saal stand fertig geschmückt da, nur die Kerzen mußten noch angezündet werden. Der Wäschekorb mit den Weihnachtsgeschenken stand daneben. Das festliche Weihnachtsessen war aufgetischt. Die Kerzen in den Fenstern waren angezündet. Miranda schaute immer wieder hinaus. „Ich bin nervös", erklärte sie.

„Wegen Weihnachten? Das ist doch kein Grund zum Nervöswerden."

„Die Sache mit diesem Gast. Irgendwas daran ist mir unheimlich. Ich hab da so einen Verdacht."

„Und der wäre?"

„Daß du selbst dieser Gast bist ..."

Lovisa lachte.

„Dann verstehe ich aber wirklich nicht, warum du nervös bist. Hast du vor mir Angst?"

„Nein, aber daß du und Albert irgendwas Dummes vorhabt."

„Ich verstehe nicht, was du damit meinst“, sagte Lovisa. „Aber jetzt kommt zumindest einer der Gäste. Und der hier ist gewiß nicht geheim.“

Es war Otto, der in den Hof hereingetrabt kam. Er schien keineswegs vor Weihnachtsfreude zu strahlen. Zuerst stampfte er im Hausflur den Schnee von den Füßen, dann trat er in die Küche. „Frohe Weihnachten“, sagte er mürrisch.

Diesmal wurde weder umarmt noch geküßt. Otto schmiß Jacke und Mütze aufs Küchensofa und setzte sich neben Miranda. Lovisa nahm seine Kleider und brachte sie in den Hausflur hinaus.

„Was ist denn mit dir los?“ fragte Miranda. „Ist irgendwas passiert?“

„Es ist wegen Vater. Ich durfte ihn nicht begleiten, als er mit dem Lastwagen losfuhr, um den geheimnisvollen Gast abzuholen.“

„Dann ist es nicht Lovisa.“

„Wieso Lovisa? Die braucht man doch nicht abzuholen.“

„Also eine richtige Verlobte.“

„Das paßt mir nicht“, erklärte Otto. „Wozu braucht Vater irgendein albernes Frauenzimmer. Uns geht's doch prima, so wie es ist. Allmählich können wir sogar ganz ordentlich kochen.“

„Frauenzimmer sind doch nicht nur fürs Kochen gut.“

„Wozu sollen sie sonst gut sein? Mama zum Beispiel ...“

„Die ist doch immer lieb zu dir gewesen!“

„Aber jetzt macht sie einem nichts als Sorgen. Weißt du, daß sie ein Kind erwartet?“

„Das weiß ich ...“

Da kam Lovisa zurück. „Ich mußte die Treppe freifegen“, sagte sie. „Es schneit. Hoffentlich kommt Albert mit seinem Gast, bevor der Weg völlig zugeschneit ist. Wie wäre es, wenn ihr im Saal das Feuer im Kachelofen anmachen würdet? Das Holz liegt schon bereit.“

Widerstrebend gingen sie in den großen Saal. Sie wären viel lieber am Küchenfenster gesessen, um zu beobachten, wie der Lastwagen mit Albert und seinem Gast in den Hof fuhr. Das Hoftor stand bereits weit offen.

Im Kachelofen lag das Holz schon säuberlich aufgeschichtet. Sie brauchten es bloß anzuzünden.

„Sie wollte uns los sein“, sagte Otto. „Möchte bloß wissen, was sie treibt?“

„Vielleicht hat es was mit den Weihnachtsgeschenken zu tun. Wir müssen uns eben gedulden.“

Sie blieben eine Zeitlang stehen und sahen zu, wie das Feuer hochflammte, bevor sie die innere Ofenklappe schlossen.

Dann hörten sie jemand in den Hausflur treten. Sie stürzten in die Küche hinaus und blieben in der Tür stehen.

„Heiliger Strohsack“, flüsterte Otto. „Mama ...“

In die Küche traten Albert und Mama ein – Albert mit stolzem Lächeln und Mama in ihrem viel zu engen Mantel mit verlegen gesenktem Blick. Lovisa ging mit offenen Armen auf die beiden zu.

„Ja, hier habt ihr nun die beiden Verlobten", sagte Albert.

„Ganz herzlichen Glückwunsch", sagte Lovisa und umarmte Albert.

Mama stand da und ließ die Arme hängen, während Lovisa sie umarmte.

Lovisa drehte sich um und sah Otto und Miranda an. „Wollt ihr nicht auch gratulieren?" fragte sie.

Otto trat vor. „Glückwunsch", sagte er. „Das hätte ich mir nie träumen lassen. Vater und Mama ..."

Miranda blieb stehen. Ihr hatte es die Sprache verschlagen. Es war unglaublich. Wie konnte Mama bloß? Es war doch nicht Alberts Kind ... Oder war es das vielleicht? Jetzt sah Mama sich stolz um.

„Willst du uns nicht gratulieren?" fragte sie Miranda.

Miranda blieb stehen. „Glückwunsch", sagte sie.

„Heiliger Strohsack", murmelte Otto noch einmal. Er kannte kräftigere Ausdrücke, die er in Alberts Anwesenheit aber nicht zu benützen wagte.

„So, nun müßt ihr aber ablegen", sagte Lovisa. „Jetzt wollen wir essen und die Frischverlobten tüchtig feiern."

Bald saßen sie wieder am Tisch. Die Kerzen brannten, und das Feuer prasselte munter im Kachelofen. Nach und nach kam die Unterhaltung in Gang. Alle redeten, nur Miranda nicht. Sie sah Lovisa an und fragte sich, ob sie jetzt wohl traurig war. Ob sie gern Alberts Verlobte gewesen wäre. Aber Lovisa

10 4414-12

wirkte ruhig und vergnügt.

„Auf das Wohl des glücklichen Paares“, sagte sie und hob ihr Glas mit Weihnachtsbier.

Bier durfte Albert trinken. Das war keine Sünde. Er stieß mit Lovisa und Mama an. Otto trank ebenfalls. Aber Miranda hatte das Gefühl, nicht einmal ein Glas Limonade heben zu können.

„Wann habt ihr euch dazu entschlossen?“ wollte Otto wissen. „Und warum?“

„Welch eine Frage“, lachte Albert. „Das ging ganz schnell. Ich erhielt den Ruf Gottes ... wie in einem Traum.“

„Was für einen Ruf?“ fragte Otto. „Hast du einfach geträumt, daß du dich mit Mama verloben sollst, und dann hast du zugeschlagen?“

„Beinah“, sagte Albert und warf Mama einen zärtlichen Blick zu. „Gott sagte mir, es sei meine Pflicht, Elvira in ihrer schweren Situation zur Seite zu stehen. Hiermit habe ich eine Möglichkeit erhalten, alles wiedergutzumachen. Elviras Kind soll nicht ohne Vater großwerden. Und jetzt wollen Elvira und ich gemeinsam für das Kind sorgen, dies ist das Zeichen dafür.“ Er nahm Mamas Hand und hielt sie hoch, damit alle den dicken Goldring sehen konnten, den sie am linken Ringfinger trug. Mama sah sich stolz um. Offensichtlich war sie zufrieden. Sie schien vergessen zu haben, daß Albert ein Langweiler und eine trübe Tasse war.

Ob es Mama wohl bewußt war, daß sie jetzt nie mehr auf den Putz hauen konnte? dachte Miranda, und Albert sprach es gleich darauf aus.

„Elvira und ich haben beschlossen, gemeinsam den schmalen Pfad zu wandern. Gemeinsam wollen wir dem neuen Kind ein sicheres und christliches Zuhause geben. Nicht wahr, Elvira?“

Mama nickte und machte ein Gesicht, als hätte sie nie im Leben mit den Kesselflickern auf den Putz gehauen.

Miranda steckte die Hand in die Tasche und umklammerte Harrys Weihnachtsgeschenk. Mama war nicht die einzige, die heute einen Ring bekommen hatte. In Mirandas Tasche lag ein schmaler Ring mit einem roten Stein. Aber den würde sie nie tragen, den konnte Harry von ihr aus dem Mädchen mit dem Regenmantel schenken.

Eine nachdenkliche Tochter

Die Weihnachtsferien gingen allmählich ihrem Ende zu. Es waren wundervolle Ferien gewesen, ganz ohne Sorgen. Miranda war jeden Tag Ski gefahren und hatte Mama mehrmals besucht – eine fröhliche, trällernde Mama voller Hochzeitspläne. Die Kaffeekanne hatte ununterbrochen auf dem Herd gestanden, weil die Leute von Eselsberg sich bei Mama die Türklinke in die Hand gaben, um ihr zu gratulieren und sich nach dem bevorstehenden Ereignis zu erkundigen.

Manchmal war Mama allerdings aufs Küchensofa gesunken und hatte geseufzt: „Mein Häuschen wird mir fehlen, ich werde Heimweh danach haben. Dieses Häuschen ist das einzige, was wirklich mir gehört. Es wird mir schwerfallen, das Brot fremder Leute zu essen."

„Albert wird doch dein Mann", wandte Miranda ein. „Da ißt du doch nicht das Brot fremder Leute. Euch gehört alles gemeinsam."

Aber Mama hörte nicht auf sie. „Das Häuschen haben wir nicht gemeinsam. Das teile ich mit keinem, hoffentlich ist Albert das klar."

„Albert macht sich bestimmt nichts aus dem Häuschen", sagte Miranda. „Das gehört nur dir." Aber sie war sich dessen nicht so sicher. Wenn verheiratete Leute alles miteinander teilen sollten, ging es vielleicht doch nicht, daß einer etwas für sich behalten wollte.

Doch das waren nicht Mirandas Sorgen. Sie hatte andere Probleme. Den Brief an ihren Vater zum Beispiel. Lovisa hatte ihren Brief bereits geschrieben. Aber ein paar Zeilen sollten auch von Miranda sein. Jetzt saß Miranda am Küchentisch und quälte sich. Was schrieb man einem Vater, den man nicht kannte? Bestimmt keinen normalen Brief. An normale Briefe war sie allerdings auch nicht gewöhnt.

„Hallo. Wie geht es dir? Mir geht es gut. Bald fängt die Schule wieder an." So was konnte man doch nicht einem Vater schreiben, der sich nicht einmal sicher war, ob man überhaupt seine Tochter war.

„Was soll ich schreiben?“ fragte sie Lovisa und seufzte.

„Schreib über dich selbst. Was dir Spaß macht. Vielleicht über die Schule und deine Freunde. Du brauchst gar nicht viel zu schreiben.“

Das war keine Hilfe. Was machte ihr denn Spaß? Ski fahren? Malen, natürlich. Und das machte ihr Vater ja auch gern. Vielleicht hatte er inzwischen wieder angefangen, zu malen. Eigentlich wollte er ja Künstler werden, auch wenn es ihm in seinen Augen nicht gelungen war.

Was hatten der Maler und Py ihr früher einmal gesagt? Jeder Künstler müsse sein Eigenstes geben. Man solle sich nicht mit den großen Berühmtheiten vergleichen, die schon tot waren. Man sollte etwas Neues schaffen.

Das schrieb sie ihrem Vater. Er solle ein Künstler werden, der Neues schuf. Das wolle auch sie. Vielleicht könnten sie und ihr Vater ein gemeinsames Atelier haben, in dem jeder in seiner Ecke etwas Neues schuf. Es wurde ein ziemlich langer Brief, mit dem sie recht zufrieden war. Sie faltete ihn zusammen und steckte ihn in Lovisas Umschlag.

„Soll ich den Umschlag zukleben?“ fragte sie.

„Mir ist gerade eingefallen, daß noch etwas in diesen Brief gehört“, sagte Lovisa. „Mit dem Zukleben müssen wir noch warten. Dein Papa muß ein Foto von dir kriegen.“

„Wir haben doch gar keines“, wandte Miranda ein. „Sollen wir das Klassenfoto schicken und über meinen Kopf ein Kreuzchen machen?"

„Nicht doch! Du mußt zum Fotografen."

„Aber ich bin so häßlich. Kein Mensch freut sich über ein Foto von jemandem, der so häßlich ist."

„Unsinn. Du bist überhaupt nicht häßlich. Du siehst nett und interessant aus. Und übrigens sieht dein Vater recht gut aus. Er schrieb, sein Spiegelbild hätte ihn an dein Gesicht erinnert. Daher siehst du natürlich auch gut aus. Also ..."

„Hast du denn vergessen, wie ich damals in der Küche geweint hab, weil Harry sagte, ich sei das häßlichste Mädchen der Welt. Er sagte, ihm gefielen nur blonde Mädchen mit Grübchen."

„Begreifst du denn nicht, daß er nur Spaß gemacht hat? Harry findet dich sehr hübsch, ich seh doch, wie oft er herkommt, nur um dich anzuschauen. Jetzt rufe ich an und mache einen Termin beim Fotografen aus."

Wie immer setzte Lovisa ihren Willen durch. Am letzten Tag der Weihnachtsferien gingen sie zum Fotografen.

Der alte Herr Löving hatte ein altmodisches Atelier, in dem ein künstlicher Zaun stand, an den man sich lehnen konnte, wenn man eine Naturaufnahme wünschte. Oder man konnte auch vor einer Naturwand mit Birken und Buschwindröschen auf einem Birkenstumpf sitzen.

„Wir brauchen ein schlichtes, normales Bild", erklärte Lovisa. „Ohne Birken und Zaun."

Herr Löving zeigte Miranda, wie sie sitzen sollte.

Besonders natürlich war das nicht. So hielt sie normalerweise nie den Kopf. Und den Körper pflegte sie auch nie dermaßen zu verdrehen. Aber Löving war zufrieden. Er verschwand unter einem schwarzen Tuch hinter der großen Kamera und knipste mehrmals hintereinander, während Mirandas Nacken immer steifer wurde. Bestimmt wäre es einfacher gewesen, auf dem Zaun zu sitzen.

Ein paar Tage später holten sie das Ergebnis ab. Miranda war verblüfft. Das war doch unmöglich sie selbst, die ihr da auf dem Foto entgegenblickte. Das war ein fremdes Mädchen mit großen, ein wenig traurigen Augen, das aufrecht in vornehmer Haltung dasaß.

„Gut", sagte Lovisa. „Über dieses Bild wird dein Vater sich freuen. Darauf kann er sehen, daß er eine interessante, nachdenkliche Tochter hat.

Hochzeitsvorbereitungen

Die Hochzeit rückte näher – eine richtige Hochzeit mit Pfarrer und Kirche. Anfangs hatte Mama dagegen protestiert, und Miranda befürchtete schon, daß sie ihren Entschluß bereute. Aber es war der Pfarrer, vor dem Mama Angst hatte. Der Pfarrer war streng. Er wußte alles. Er wußte, daß Mama damals gelogen hatte, als sie ein fremdes Kind für ihr eigenes ausgab. Es half auch nichts, daß Miranda ihr erklärte, das sei inzwischen verjährt. Nein, Mama wollte nicht in der Kirche heiraten. Aber Albert bestand darauf. Er und Elvira sollten vor dem Pfarrer stehen und sich ewige Treue versprechen. Jetzt sei Schluß mit dem ewigen Hin und Her. Ab jetzt müsse Ordnung herrschen in ihrem Leben.

Schließlich gab Mama nach. Und nun konnte die Hochzeit nicht mehr großartig genug werden. Ein weißes Kleid wollte Mama haben. Und einen Brautschleier. Doch damit war Albert nicht einverstanden. Ein weißes Brautkleid trugen nur junge Bräute, die noch keine Kinder hatten. Mama könne nicht mit einem Brautschleier und zugleich mit einer Menge Kinder ankommen, meinte er. Aber diesmal blieb Mama unnachgiebig.

Und so bekam sie sowohl einen Schleier als auch einen Brautstrauß. Das weiße, enganliegende Kleid ließ niemanden darüber im Zweifel, daß die Braut demnächst ein Kind erwartete.

Miranda hatte sich um Lovisa Sorgen gemacht. War Lovisa jetzt traurig, weil Albert Mama heiratete? Hätte sie Albert gern für sich gehabt? Aber wenn Lovisa je traurig war, ließ sie sich jedenfalls nichts anmerken. Sie tat alles, was in ihren Kräften lag, um die Hochzeit vorzubereiten. Nachts kochte sie das Festessen, tagsüber mußte sie ja weben. Davon mußten sie und Miranda immerhin leben.

Miranda zerbrach sich darüber den Kopf, wie arm sie wohl in Wirklichkeit sein mochten? Würden sie Oberkirschberg verkaufen müssen? Aber sie erfuhr nichts. Und vorerst waren ja alle mit der Hochzeit beschäftigt.

Obwohl Albert ein stattlicher Bräutigam war und Mama in ihrem Brautkleid richtig hübsch aussah, nahm sich der Hochzeitszug in die große Kirche hinein doch etwas kläglich aus. Das lag daran, daß so wenig Hochzeitsgäste gekommen waren. Eine kleine Schar drängte sich auf der ersten Bank aneinander: Lovisa, Miranda und Otto sowie Frau Blum und ein paar Nachbarn vom Eselsberg.

Der Pfarrer sprach in strengen, schönen Worten über treue Liebe, die so viele Jahre gehalten und endlich zu dieser Trauung geführt habe. Er sprach auch vom Seemann, der lange auf fernen Meeren gesegelt sei und nun endlich den sicheren Hafen erreicht habe. Demnach war Mama der sichere Hafen, und das beunruhigte Miranda ein wenig. Doch als das Brautpaar sich zu der kleinen Schar umdrehte, schaute Mama Albert so verliebt an, daß Miranda wieder ruhig wurde.

Jetzt war alles gut. Jetzt erwartete Mama endlich ein friedliches Leben. Jetzt brauchte man sich um sie keine Sorgen mehr zu machen.

Sämtliche Gäste wurden mit Alberts Lastwagen zum Hochzeitshof verfrachtet. Das Brautpaar und Otto saßen vorn. Eine grüne Gartenbank war auf die Ladefläche gestellt worden, und auf der saßen Lovisa, Miranda und die Leute vom Eselsberg. Es tat gut, in der Kälte dicht nebeneinander zu sitzen. Albert hatte dafür gesorgt, daß alle mit genügend warmen

Wolldecken versehen waren.

Oberkirschberg wartete warm, hell und festlich auf die Gäste. Das Essen war fertig und brauchte nur aufgewärmt zu werden. Alle waren vergnügt, als sie am Tisch Platz nahmen. Nun hätte irgend jemand eine Rede auf das Brautpaar halten müssen. Aber der Pfarrer hatte nach der Trauung noch zu tun gehabt und hatte nicht mitkommen können. Lovisa war keine Rednerin. Frau Blum dagegen hatte schon viele Hochzeiten mitgemacht, sie wußte, was sich gehörte. Sie stand auf. „Ich bin zwar nicht der Vater der Braut“, begann sie. „Und die Mutter der Braut bin ich auch nicht. Aber zu einer Hochzeit gehört eine Rede. Und daher spreche ich das aus, was wir alle denken. Elvira hat es nicht immer leicht gehabt. Für eine Frau ist es nicht einfach, allein mit allem fertigzuwerden. Aber Elvira ist tüchtig gewesen. Sie hat es verdient, einen anständigen Mann an ihre Seite zu kriegen. Und daß Albert das ist, davon bin ich überzeugt. Und jetzt möchte ich, daß wir alle auf das Brautpaar anstoßen und ihnen viel Glück wünschen.“

Das war eine schöne, angemessene Rede, darüber waren sich alle einig. Sie hoben ihre Biergläser und prosteten den Frischvermählten zu.

Mama weinte und lehnte sich an Albert, und Albert legte ihr den Arm um die Schultern. Und da weinte Mama noch mehr und schluchzte etwas vom Eselsberg.

Es war vereinbart worden, daß Mama ihr Häuschen verkaufen sollte, schließlich würde sie von nun an ja bei Albert in seiner modernen Wohnung leben. Nie mehr würde sie frieren und Schnee schaufeln und das eisige Klohäuschen benützen müssen. Aber Mama trauerte um ihr kleines Haus. Vielleicht war das der Grund für ihre Tränen.

Dann war die Hochzeit zu Ende. Albert fuhr die Leute vom Eselsberg nach Hause, anschließend brachen er und die Braut zu ihrer gemeinsamen Wohnung auf. Otto blieb über Nacht in Oberkirschberg, Brautpaare sollten nämlich die ersten vierundzwanzig Stunden allein verbringen, erklärte Lovisa.

Lovisa kann warten

Allmählich ging es auf den Frühling zu. An den Südhängen war der Schnee geschmolzen. Bald würde Miranda ihr Fahrrad hervorholen können. Den Tretschlitten konnte sie kaum noch benützen, dazu lag zuwenig Schnee auf den Wegen.

Miranda wartete auf das Kind. Daß es bald kommen würde, war klar. Man brauchte Mama bloß anzuschauen. Miranda besuchte sie fast jeden Tag auf dem Heimweg nach der Schule.

Mama wirtschaftete in ihrer schönen Küche an ihrem neuen Herd oder saß in der Sofaecke und nähte Babykleider. Das Kind würde es geradezu fürstlich haben. Noch nie hatte eines von Mamas Kindern in einem so schönen Bett geschlafen – einem Bett mit hellgrüner Decke und spitzenbesetzten Leintüchern. Das war etwas anderes als der alte Wäschekorb, in dem Miranda gelegen hatte.

Jetzt brauchte Mama sich nie mehr Sorgen zu machen. Albert kümmerte sich um alles. Sie hatte jede Menge Geld für Kleider und Essen. Und dennoch war sie nicht richtig froh.

„Hier fehlt die Aussicht", seufzte sie, wenn sie in den Hof hinunterschaute. „Man fühlt sich eingesperrt. Wie ein Gefangener."

„Das wird besser, wenn das Kind erst da ist", tröstete Albert sie. „Dann kannst du mit dem Kinderwagen lange Spaziergänge machen. Bis dahin ist auch der Frühling endgültig da."

Mama sagte nichts, seufzte nur. Freute sie sich denn nicht auf das Kind? Miranda sehnte sich geradezu nach diesem Baby. Hoffentlich durfte sie Mama dabei helfen, den Säugling zu pflegen. Immerhin hatte sie durch Oskar schon Übung darin. Hoffentlich würde es ein Mädchen werden. Sie hätte so gern eine Schwester. Aber ... dieses Kind war ja kein bißchen mit Miranda verwandt! Dieses Kind war nicht einmal mit seinem Vater verwandt. Albert war nur dem Namen nach sein Vater.

Miranda drehte sich der Kopf. Dieses Kind hatte ja fast das gleiche Schicksal wie sie selbst. Vielleicht würde es eines Tages erfahren, daß Albert nicht sein richtiger Vater war. Vielleicht würde das Kind dann wissen wollen, wer sein Vater war. Es war schlimm, wenn Kinder so verunsichert wurden.

Sie selbst grübelte im Augenblick viel über ihren eigenen Vater nach. Noch immer wartete sie auf seinen Brief. Der Vater hätte sofort antworten sollen. Er hätte sich über ihr Foto freuen sollen, selbst wenn er sich eine schönere Tochter vorgestellt hatte. Immerhin sah sie nachdenklich aus.

Aber Mirandas Vater hatte mit keiner Zeile von sich hören lassen. Vielleicht wollte er alles vergessen und so leben wie bisher. Frei und kinderlos. Ja, so war es. Er bereute das, was er Lovisa geschrieben hatte. Er wollte nichts von ihnen wissen. Da mußte Miranda ebenfalls versuchen, ihn zu vergessen. Sie hatte ihr ganzes Leben ohne Vater verbracht. Sie kam auch so zurecht. Eines Tages sprach sie mit Lovisa darüber.

„Hast du Sehnsucht nach meinem Vater?"

„Ich habe ihn vergessen", sagte Lovisa. „Er ist bestimmt nicht derselbe Mensch wie jener junge Mann, in den ich einen Sommer lang verliebt war. Es wäre besser gewesen, wenn er nie wieder aufgetaucht wäre."

„Und wenn er kommt, heiratest du ihn dann?"

„Du mit deinen Heiratsplänen! Ich denke ja gar nicht daran, Daniel zu heiraten. Zerbrich dir darüber nicht weiter den Kopf. Wenn ich jemanden heirate, dann vielleicht Anders."

„Den Holzhacker?"

„Hör auf, ihn den Holzhacker zu nennen."

„Willst du wirklich den heiraten?"

„Wir haben darüber gesprochen."

„Aber ich habe gesehen, wie er mit einer dicken Tante spazierenging."

„Das ist seine Schwester. Wenn Anders' ältester Sohn zwanzig wird, soll er den Hof übernehmen, dann kann Anders sich anderen Dingen widmen."

„Dir und Oberkirschberg zum Beispiel."

„Schon möglich."

Miranda fiel das Gesicht herunter. Dann würden Harry und sie nie Bauer und Bäuerin auf Oberkirschberg werden. Dann würden Anders und seine dämlichen Kinder dort wohnen. „Ich hab geglaubt, daß ich den Hof übernehmen soll", sagte sie.

Lovisa lächelte. „Kindchen, du wirst nie eine Bäuerin, und das weißt du. Wenn alles so kommt, wie wir es annehmen, wirst du eine Künstlerin. Das ist es doch, was du eigentlich werden willst. Oberkirschberg wird immer dein Zuhause bleiben. Aber vergiß das mit den Kühen und der Landwirtschaft. Das ist nichts für dich."

„Wie alt ist dieser Junge, der Sohn von Anders?"

„Bald siebzehn. Es dauert noch ein paar Jahre."

„Du mußt eben warten", sagte Miranda. „Eigentlich hast du dein Leben lang immer nur gewartet."

„Ich bin geübt im Warten", sagte Lovisa. „Ich habe Geduld."

Eva-Lisa

Eines Sonntagmorgens kam Otto angeradelt und berichtete: „Das Kind ist da! Ein Mädchen!“ Er war außer Atem und wirkte ein klein wenig stolz. „Aber ein Junge wär mir lieber gewesen. Ich hatte mir einen Bruder gewünscht.“

„Aha“, sagte Miranda. „Ist sie niedlich?“

„Am besten, du guckst sie dir selbst an. Mama behauptet, sie sei hübsch. Ich finde sie häßlich. Aber Neugeborene sehen wohl immer so aus. So, jetzt wißt ihr Bescheid. Ich muß wieder los.“

„Darf man heute schon kommen?“ rief Miranda hinter ihm her.

„Klar. Mama liegt im Bett und platzt fast vor Stolz.“

Und damit sauste er davon. Miranda sah Lovisa an.

„Komisch, jetzt habe ich eine Schwester. Willst du mitkommen und sie anschauen?“

„Damit warte ich noch ein bißchen“, sagte Lovisa. „Aber nimm du ruhig dein Rad und fahr hin. Allerdings ist es vielleicht doch nicht deine Schwester ...“

„Ich weiß. Aber es kommt mir trotzdem so vor.“

„Vielleicht solltest du irgendwann mal aufhören, Elvira Mama zu nennen. Hast du dir das nie überlegt? Es ist nunmal so, daß ich deine Mama bin.“

Miranda ließ traurig den Kopf hängen. Wie

sollte sie Lovisa das erklären?

„Ich weiß. Ich möchte gern Mama zu dir sagen, aber es geht einfach nicht. Das ist jetzt zu spät. Und Mutter klingt so steif. Aber ich werde es üben. Für den Anfang werde ich versuchen, Mama Elvira zu nennen. Was soll ich dem Kind mitbringen?"

„Das kleine rosa Jäckchen und das rosa Mützchen, die ich früher einmal für dich gestrickt habe."

„Aber wenn du eigene Kinder bekommst ... ich meine, ein zweites Kind?"

„Dann stricke ich was Neues. Allerdings bin ich zu alt, um noch Kinder zu kriegen."

„Das bist du überhaupt nicht. Guck doch Mama an ... ich meine Elvira ... die ist doch auch nicht mehr jung."

„Du hast recht. Also wirst du mir dabei helfen müssen, etwas Neues zu stricken, falls es nötig sein sollte."

„Ich stricke doch nicht gern, das weißt du genau."

„Na, dann häkelst du eben was ..."

„Dann wird es ein Topflappen. Das ist das einzige, was ich kann."

„Einverstanden! Einen Topflappen wird sie früher oder später gut gebrauchen können."

Miranda lachte.

„Gib mir das Jäckchen, dann bring ich es Elvira ... Mutter ..."

Die Kleine war niedlich. Wie konnte Otto nur etwas anderes behaupten? Und sie hatte einen dunklen, zerzausten Haarschopf. Beinahe wie Otto. Miranda schaute entzückt in das Bettchen. „Sie sieht Otto ähnlich", meinte sie.

Mama lag in einem weißen bestickten Nachthemd im Bett und lächelte stolz. „Ein schönes Kind", sagte sie. „Otto hat tatsächlich auch so ausgesehen. Er hatte auch so eine Haartolle.

„Aber ich war bestimmt nicht so hübsch", sagte Miranda. „Hatte ich überhaupt Haare?"

„Ja, das hattest du. Helle, weiche Haare ... Du warst sehr niedlich. Ein schwächliches, niedliches Dingelchen."

Miranda hatte es satt, immer wieder zu hören, wie schwächlich sie gewesen war. Aber es war tröstlich zu wissen, daß sie immerhin niedlich gewesen war. Sie hielt das rosa Jäckchen hoch. Mama freute sich darüber.

„Eigentlich ist das mein Jäckchen", sagte Miranda. „Lovisa hat es für mich gestrickt. Aber jetzt kriegt es die Kleine. Wie soll sie denn heißen?"

„Wir haben uns noch nicht entschieden. Vielleicht Eva-Lisa nach Alberts Mutter."

Albert kam herein und verbreitete Holzgeruch im Zimmer. Er war genauso stolz wie Mama. „Ein prima Baby", sagte er. „Willst du mal das ganze Kind sehen?" Er hob die Kleine hoch. Doch da gab es nicht viel zu sehen. Sie war in eine Art Strampelsack eingewickelt. Albert wollte den Sack aufmachen, aber Mama hinderte ihn daran.

„Albert, leg das Kind sofort wieder hin. Du bist es

11 4414-12

nicht gewöhnt, Babys zu tragen."

„Ich bin es aber gewöhnt", sagte Miranda. „Darf ich sie in den Arm nehmen?"

Mama nickte, und Miranda übernahm die Kleine vorsichtig von Albert. So ein kleines Geschöpf war etwas Herrliches. Dieses Kind war auf jeden Fall sehr viel schöner als Oskar.

„Meine kleine Schwester", sagte Miranda und legte das Kind ins Bett zurück.

„Das glaubst du bloß", sagte Mama lächelnd.

Und da fiel es Miranda wieder ein. Sie war ja nicht einmal mit Mama verwandt. „So, jetzt muß ich wieder gehen", sagte sie. „Muß Lovisa helfen, eine Kette aufzuspannen." In der Tür drehte sie sich um. „Auf Wiedersehen, Elvira. Glückwunsch zu deinem Kind ..."

Darauf geben wir uns die Hand

Miranda war auf dem Heimweg. Sie hatte einen langen Tag hinter sich. Zuerst die Schule und anschließend zwei Stunden bei Herrn Bengtsson. Sie war müde und hatte Hunger. Wenn es keine Mathematik gäbe, wäre das Leben viel einfacher für sie. Und das Geld für den Nachhilfeunterricht könnten sie sich auch sparen. Außerdem hatte sie wegen der Nachhilfestunden keine Zeit für ihre Malerei. Mit der Malerei aber könnte sie Geld verdienen. Von Albert würde sie jede Menge Aufträge bekommen. Die Kunden standen Schlange, um ihre alten Schränke und Truhen reparieren und bemalen zu lassen.

„Hör mit der Schule auf und widme dich statt dessen der Malerei. Das, was du wissen mußt, kannst du auch auf eigene Faust lernen. Das habe ich getan", schlug Albert vor.

Aber Lovisa wäre unter keinen Umständen damit einverstanden, daß Miranda mit der Schule aufhörte. Von Bildung könne man nie genug bekommen, meinte sie. Auf eigene Faust lesen, darauf könne man nicht bauen. Spannende Bücher las Miranda gern, aber zur Bildung gehörten eben Lehrbücher.

Nein, Miranda mußte brav weiterhin in die Schule gehen, koste es, was es wolle. Vielleicht würde es nächstes Jahr, wenn sie einen neuen Mathematiklehrer bekäme, besser werden. Herr Bengtsson war davon überzeugt, daß sie ihre Schwierigkeiten nur der jetzigen Lehrerin zu verdanken habe.

„Warum hast du es so eilig?" rief jemand hinter ihr her.

Harry kam angeradelt und hielt neben Miranda, die ebenfalls vom Fahrrad abstieg. Wie immer machte Harry Miranda verlegen. Aber auch Harry schien ein wenig verlegen zu sein.

„Ich habe Lust, mit dir zu reden", erklärte er. „Wir haben uns schon lange nicht mehr unterhalten."

„Meine Schuld ist das nicht."

„Du wohnst so weit weg."

„Ich fahre die Strecke jeden Tag mit dem Fahrrad.

Und übrigens sehen wir uns in den Pausen."

„Da kann ich mich nicht mit dir unterhalten. Man kann nicht so einfach über den Schulhof flitzen und mit kleinen Mädchen plaudern."

„Du bist feige."

„Ja, auf die Art bin ich feige. Ich will nicht, daß man mich auslacht."

„Wieso muß man deshalb ausgelacht werden? Du mußt übrigens aufpassen, hier kann auch jemand vorbeikommen und sehen, daß du dich mit mir unterhältst, und dich auslachen. Jetzt hab ich keine Lust mehr, mich mit dir zu unterhalten. Lovisa wartet. Heute hat's besonders lang bei Herrn Bengtsson gedauert."

„Kriegst du immer noch Nachhilfe?"

„Ja, weil ich Mathe einfach nicht kapiere."

„Warum läßt du es dir nicht von mir beibringen?"

„Du hast mich nicht gefragt. Wieviel verlangst du?"

„Das ist umsonst. Ich bin gut in Mathe."

„Wann kann ich anfangen?"

„Wann du willst. Nach der Schule kannst du zu mir nach Hause kommen."

„Dann wird Herr Bengtsson vielleicht traurig. Er braucht das Geld. Es gibt nicht viele Kinder, die so dumm sind wie ich. Und von denen lebt er."

„Ist es denn deine Aufgabe, Herrn Bengtsson zu versorgen?"

„Lovisa muß das entscheiden. Sie ist vielleicht nicht davon überzeugt, daß du unterrichten kannst. Und da ist noch was."

„Und das wäre?“

„Wir dürfen nur miteinander pauken, sonst nichts ...“

„Was denn sonst? Natürlich werden wir pauken. Was glaubst du denn?“

„Übrigens ist es vielleicht gar nicht nötig. Wenn ich nächste Woche in der Mathearbeit eine Zwei schreibe, brauche ich wahrscheinlich keine Nachhilfe mehr.“

„Hoffentlich kriegst du nur eine Drei!“

„Dann brauche ich nur noch ein bißchen zu pauken.“

„Und das Bißchen werden wir schaffen. Darauf geben wir uns die Hand.“

Sie gaben sich fest die Hand und fuhren dann in verschiedenen Richtungen davon.

Es wird leer

Endlich! Auf dem Küchentisch lag ein Brief. Miranda blieb fast das Herz stehen. Dies mußte der Brief sein, auf den sie schon so lange gewartet hatten. Lovisa kam aus der Webstube. Sie sah ernst aus.

„Steht in dem Brief irgendwas Schlimmes?“ fragte Miranda. „Ist er von meinem Vater? Was schreibt er?“

Lovisa nahm Miranda in die Arme. „Der Brief ist nicht von deinem Vater.“

Miranda wurde schrecklich enttäuscht. Was kümmerten sie Briefe von anderen Leuten? Wenn der Brief nicht von ihrem Vater war, interessierte er sie nicht. Warum war Lovisa so feierlich, wenn es nur ein normaler Brief war? Vielleicht hatte ihr Bruder geschrieben, daß sie verkaufen mußten?

„Der Brief ist von deiner Großmutter", erklärte Lovisa.

Großmutter? Hatte sie eine Großmutter? Daran hatte Miranda nie gedacht. Natürlich, ein Vater mußte auch Eltern haben.

„Und was will diese Großmutter?"

„Sie hat etwas sehr Trauriges berichtet. Dein Vater ist tot. Das ist der Grund, warum wir nichts von ihm gehört haben."

„Neeeiin!" schrie Miranda. Das durfte nicht wahr sein! Jetzt, wo sie endlich einen Vater bekommen hatte, war er tot ...

Lovisa drückte sie fest an sich. „Meine kleine Miranda, sei nicht traurig ..."

„Ist doch klar, daß ich traurig bin", schluchzte Miranda. „Ich hab meinen Vater verloren."

„Aber du hast ihn nie wirklich gehabt. Du bist dein ganzes Leben lang ohne Vater gewesen. Da ändert sich doch nichts."

Miranda weinte an Lovisas Schulter.

„Doch, da ändert sich was. Jetzt hab ich niemanden mehr, nach dem ich mich sehnen kann ..."

„Wir zwei haben doch uns, du und ich", sagte Lovisa. „Und darüber müssen wir froh sein. Es gibt

Menschen, die haben gar niemanden."

„Du hast auch noch diesen Anders. Und den wirst du bald heiraten."

Lovisa schüttelte sie. „Du Dummerchen, das ändert doch nichts. Du und ich, wir beide gehören zusammen. Niemand kann sich zwischen uns drängen. Trockne deine Tränen, dann sprechen wir über das, was passiert ist."

Sie setzten sich nebeneinander aufs Küchensofa. Lovisa nahm den Brief in die Hand.

„Was schreibt diese Großmutter denn?" fragte Miranda. „Warum ist mein Vater gestorben? Er war doch noch gar nicht alt?"

„Deine Großmutter schreibt nur, daß er durch einen Unfall ums Leben gekommen ist. Er muß kurz zuvor noch unsere Briefe erhalten haben. Sie entdeckten sie, als sie vor kurzem seine Papiere sortierten. Sie hatten keine Ahnung, daß es dich gibt. Das war ein Schock für sie. Dein Vater war ihr einziger Sohn. Nach ihm gibt es niemanden mehr in der Familie. Sie waren sehr einsam. Und jetzt haben sie plötzlich entdeckt, daß sie eine Enkelin haben. Sie schreibt, zuallererst hätten sie es gar nicht geglaubt. Doch dann hätten sie dein Foto gesehen ... Und das hätte sie davon überzeugt."

„Welche sie?"

„Deine Großmutter und deinen Großvater."

Miranda sah Lovisa mit großen Augen an. „Habe ich sowohl einen Großvater als auch eine Großmutter?"

„Ja, das hast du ..."

Miranda blieb lange schweigend sitzen. In ihrem Leben geschah so viel Seltsames, daß sie es kaum fassen konnte. Sie hatte ihren Vater verloren, aber dafür hatte sie jetzt eine Großmutter und einen Großvater. Und dann hatte sie eine Schwester bekommen, wenn auch keine richtige. Und einen Bruder hatte sie, der kein richtiger Bruder war. Wenn das nicht seltsam war!

Sie lächelte Lovisa unsicher an. „Ich hab ja eine richtig große Familie", sagte sie.

„Ja, das hast du. Und Harry hast du auch. Freu dich über alle, die du hast."

„Aber am allermeisten freu ich mich über dich."

Bei der Arbeit

Es war Frühling. Aller Schnee war verschwunden, und in zwei Tagen begannen die Osterferien. Miranda platzte fast vor Glück. Vor der Schule wartete Harry auf sie. Er schien vergessen zu haben, daß es ihm peinlich war, mit kleinen Mädchen gesehen zu werden.

„Na?" fragte er.

Miranda strahlte ihn an.

„Was denn na?"

„Wann soll ich anfangen, dir Nachhilfe zu geben? An Ostern?"

„Vielleicht nie. Ich hab in der Rechenarbeit eine Zwei geschrieben.“

Harry machte ein enttäuschtes Gesicht. „Gratuliere. Aber die nächste Arbeit verhaust du vielleicht wieder ...“

„Du klingst ja so, als wäre dir das recht!“

„Ich hätte dich nur gern als Schülerin. Was sollen wir uns sonst für die Osterferien ausdenken?“

„Für mich brauchst du dir gar nichts auszudenken. Ich fahre nach Stockholm.“

„Dann komme ich mit. Ich könnte meinen Onkel Svante besuchen, Lovisas Bruder. Fährst du etwa zu ihm?“

„Ich besuche meine Großeltern.“

„Ich wußte ja gar nicht, daß du außer meiner Familie noch andere Verwandte hast. Wo hast du die denn so plötzlich her?“

„Die hat es schon immer gegeben, obwohl ich nichts von ihnen gewußt habe.“

„In deinem Leben scheinen die Verwandten ja bloß so hervorzuhüpfen. Aber vergiß nicht, daß ich dein Vetter bin.“

„Vergeß ich nicht, das kann ich dir versprechen. Aber jetzt muß ich mich beeilen.“

„Immer hast du es eilig.“

„Ich muß Lovisa was Schönes erzählen. Du kannst es auch gleich erfahren. Ich habe einen Wettbewerb in einer Zeitung gewonnen. ‚Bei der Arbeit‘ lautete das Thema. Man sollte jemand bei der Arbeit zeichnen. Einen Bauer auf dem Acker oder einen Schreiner. Erst wollte ich Albert in der Schreinerei zeichnen. Aber dann habe ich mich für Lovisa am Webstuhl entschieden. Und dann schickte ich die Zeichnung an diese Zeitung. Ein Mädchen aus meiner Klasse hatte die Zeitung in die Schule mitgebracht. Das war vor einem Monat, und heute steht das Ergebnis des Wettbewerbs in der Zeitung. Meine Zeichnung ist abgebildet. Ich habe gewonnen. Meine Klassenkameradin hat die Zeitung mitgebracht und sie der ganzen Klasse gezeigt. Willst du es mal sehen?"

Sie kramte in ihrem Ranzen und holte die Zeitung hervor. Die Seite mit der Zeichnung war aufgeschlagen. Harry sah das Bild lange an.

„Ich kenne niemanden, der so ist wie du. Irgendwie schaffst du alles. Sogar die Mathematik. Dieses Bild ist wirklich gelungen. Genauso sieht Lovisa aus. Aufrecht und gerade, aber trotzdem spürt man ihre Müdigkeit."

„Sie ist oft müde. Sie webt zuviel. Daß man das auf dem Bild sieht, wußte ich nicht."

„Genau das ist ja das Besondere daran. Es ist nicht nur ein Bild von einer Weberin. Es steckt mehr darin. Eine Art Stimmung."

Miranda nahm die Zeitung wieder an sich und verstaute sie in ihrem Ranzen.

„Du sagst, daß ich alles schaffe. Das stimmt nicht. Es gibt Leute, denen will man helfen, und trotzdem schafft man es nicht. Ich hab immer so viele Sorgen."

„Was denn für welche?"

„Wenn du mich ein Stück begleitest, erzähl ich's dir."

Sie begannen in Richtung Oberkirschberg weiterzugehen. Harry schob Mirandas Fahrrad.

„So, und jetzt erzähle", sagte er. „Vielleicht kann ich dir helfen."

„Das kann niemand. Eigentlich geht es ja auch nicht um mich, es geht um Mama ... meine erste Mama. Inzwischen hat sie es so gut, daß sie zufrieden sein müßte. Schiebt ihr Kind im Kinderwagen spazieren, ist eine feine Dame und hat einen lieben Mann. Aber glaubst du etwa, daß sie zufrieden ist? O nein! Sie hat andauernd Heimweh nach dem Eselsberg. Kannst du so was verstehen? Diese alte Bruchbude, unbequem und kalt im Winter, der weite Weg, der gräßliche Herd. Manchmal wandert sie mit dem Kinderwagen dorthin und hockt sich auf den Zaun, starrt das Haus an und weint, das hat Otto erzählt. Eines Tages war sie verschwunden, und er mußte sie suchen. Da saß sie da oben und schniefte und heulte. Otto mußte sie fast zwingen, wieder nach Hause zu kommen. Einmal hab ich sie gefragt, ob sie in der schönen Wohnung in der Stadt denn nicht glücklich sei? Und da sagte sie, es gehe nichts über die Freiheit. Man sollte sie packen und tüchtig durchschütteln. Womöglich haut sie eines Tages ab und läßt Albert und das Kind und alles im Stich. Was soll ich nur tun?"

„Nichts. Erwachsene Leute kannst du nicht ändern. Darf ich dich nach Stockholm begleiten?"

„Und meine Großeltern besuchen?“

„Nein, ich möchte dich nur auf der Reise begleiten und dann meinen Onkel Svante besuchen.“

„Es ist mir egal, wo du hinfährst. Aber ich habe keine Zeit für dich. Ich bleibe fünf Tage in Stockholm, und die muß ich mit den Eltern meines Vaters verbringen. Warum willst du mich überhaupt begleiten?“

„Weil ich in dich verliebt bin – du häßlicher kleiner Troll.“

Miranda kamen die Tränen. Er brauchte ihr nicht zu erzählen, daß sie häßlich war. Das wußte sie auch so.

„Du bist verrückt“, sagte sie.

„Ja, das ist das Schlimme. Ich bin verrückt. Es gibt viel hübschere Mädchen.“

„Das hast du mir schon oft genug gesagt. Es gibt große Mädchen mit blonden Haaren und blauen Augen und Grübchen in den Wangen. In die kannst du dich von mir aus verlieben ...“

„Ich versuch's ja immer wieder, aber ohne Erfolg.“

„Dann mußt du's eben nochmal versuchen. Oder du mußt warten und dich in mich verlieben, wenn ich groß bin. Allerdings werde ich nie Grübchen kriegen. Ich hab's versucht. Hab mir einen Bleistift in die Backe gebohrt. Aber trotzdem sind keine Grübchen entstanden.“

„Das spielt keine Rolle. Daß du bist, wie du bist – darauf kommt es an. Ich glaube, ich habe mich gleich in dich verliebt, als ich dich in Peterssons

Boot sitzen sah. Du hast in die falsche Richtung gerudert und überhaupt alles verkehrt gemacht. Gerade jetzt würde ich dich am liebsten küssen."

„Bloß nicht!" sagte Miranda erschrocken. „Hier laufen doch die ganze Zeit Schüler vorbei. Die glotzen sowieso schon ganz fürchterlich und halten dich für verrückt, weil du dich mit so einer kleinen Göre unterhältst. Gib mir mein Fahrrad. Jetzt muß ich schnell nach Hause. Frohe Ostern ..."

Sie nahm ihr Rad und fuhr rasch davon.

Armer Vater

Miranda stand in einem dunklen Flur. Die Tür hinter ihr wurde von dem weißhaarigen Mann geschlossen, der ihr Großvater war. Er hatte sie am Bahnhof abgeholt, dann waren sie in einem Taxi durch die Stadt gefahren. Im Auto hatten sie größtenteils geschwiegen. Mirandas Großvater hatte offensichtlich nicht recht gewußt, was er mit seiner wildfremden Enkelin hätte reden sollen. Und Miranda war sowieso nie besonders gesprächig.

Ängstlich und verloren schaute sie in das Zimmer neben dem Flur. Es war groß und voller Bücher. Eine hochgewachsene, stattliche Dame mit glatten grauen Haaren kam durch die Tür. Das war also ihre Großmutter. Die Dame ging rasch auf Miranda zu und schloß sie in die Arme. Sie duftete nach einem feinen

Parfüm. Tränen liefen ihr über die Wange. „Mein liebes Kind“, sagte sie. „Mein liebes kleines Mädchen ...“

Danach hielt sie Miranda ein Stück von sich weg und musterte sie forschend.

„Ja, du bist tatsächlich Daniels Tochter. Das ist wie ein Wunder ...“

Der Großvater hängte seinen Mantel an die Garderobe und half dann Miranda aus ihrem Mantel. „Jetzt muß die Kleine erst einmal hier heimisch werden“, sagte er. „Später können wir ausführlich über alles sprechen.“

Die Großmutter führte Miranda durch viele Zimmer, die beinahe noch schöner waren als die des Bürgermeisters. Weiche Teppiche, alte Möbel, die Wände voller wunderschöner Bilder. Am liebsten wäre Miranda überall stehengeblieben, um sich alles in Ruhe anzuschauen. Aber die Großmutter führte sie weiter, und schließlich öffnete der Großvater die Tür zu einem kleinen Zimmer, dessen Fenster auf den Hof ging.

„Das hier ist dein Zimmer“, erklärte er. „Früher war es das Zimmer deines Vaters.“

„Als Junge hat er hier gewohnt“, erklärte die Großmutter. „Wir dachten uns, daß es dir gefallen würde, hier zu schlafen. Seine Sachen sind noch alle da.“

Miranda blieb in der Tür stehen und sah sich um. Hier war es nicht so fein wie in den anderen Zimmern. Dies war ein Zimmer für einen Jungen, ohne weiche Teppiche, bequeme Stühle und Blumen in den Fenstern. Dafür gab es ein Bücherregal, einen dunkelbraunen Schreibtisch und einen Lehnstuhl vor dem Fenster. Das Bett war schmal und hatte einen dunklen Überwurf.

Das Zimmer hätte düster gewirkt, wenn die Wände nicht voller Bilder gewesen wären. Miranda trat an das Bild heran, das über dem Bett hing. Es war ihr Bild, das wundersame Bild, das so viel Tiefe hatte!

„Hat mein Vater dieses Bild gemalt?" fragte sie.

„Er hat alle Bilder in diesem Zimmer gemalt", sagte die Großmutter.

„Er wußte, wie man Tiefe malt", sagte Miranda. „Ich hab schon mal ein ähnliches Bild gesehen, da guckt man durch viele Zimmer hindurch."

„Ja, davon schien er besessen zu sein", sagte der Großvater. „Das sieht man auf all seinen Bildern. Man dringt in tiefe Wälder ein. Man folgt kleinen Wegen in weite Ferne. Korridore waren seine Leidenschaft, endloslange Korridore ..."

„Jetzt kommt Mori und hilft dir beim Auspacken", sagte die Großmutter. „Nachher gibt es Abendessen."

Bevor Miranda fragen konnte, wer Mori war, stand eine magere kleine Person im Zimmer. Die Großeltern verschwanden. Mori stellte Mirandas Koffer aufs Bett und öffnete den Deckel.

„Ich kann selbst auspacken", sagte Miranda. „Wo soll ich die Kleider hintun?"

Mori zeigte auf eine hohe Kommode.

„Das war die Kommode deines Vaters."

„Haben Sie meinen Vater gekannt?"

Mori lachte glucksend in sich hinein. „Und ob ... Ich hab ihn versorgt, seit er auf der Welt war. Er war wie mein eigenes Kind. Die feinen Herrschaften haben für ihre Kinder nie besonders viel Zeit gehabt."

Miranda blieb mit dem Arm voller Kleider stehen. „Erzählen Sie bitte von meinem Vater", bat sie. „Erzählen Sie alles, woran Sie sich erinnern, Mori!"

„Da kann ich viel erzählen. Aber jetzt haben wir dafür keine Zeit. Leg die Unterwäsche in eine Schublade. Deine Kleider hängen wir in den Schrank."

„Hat er viel gemalt?" fragte Miranda.

„Andauernd hat er gezeichnet und gemalt. Seine Eltern hielten nicht viel davon. Sie wollten, daß er sich mit etwas Ordentlichem beschäftigte, anstatt über unnützem Zeug zu träumen. Vor allem der Herr Major versuchte ihn in andere Bahnen zu lenken."

„Der Herr Major – ist das mein Großvater?"

„Hast du das nicht gewußt? In der Familie deines Großvaters gab es schon immer lauter Offiziere. Und Daniel sollte ebenfalls Offizier werden. Doch das wollte er nicht. In die Schule wollte er auch nicht gehen, da wurde er eben gezwungen. Aber dann riß er aus. Das war ein großer Kummer für seine Eltern, das darfst du mir glauben. Wenn er wenigstens ein großer Künstler geworden wäre. Das wurde er aber nicht. Er hatte wohl nicht die nötige Begabung. So, jetzt muß ich mich aber ums Essen kümmern."

Mori ging zur Tür, und Miranda kam hinterher. „Armer Vater", sagte sie leise.

Circus Roncalli

Diese neue Buchreihe entstand in Zusammenarbeit mit dem Circus Roncalli. Und sie verspricht: Zirkusluft, Manegenzauber, Spannung und Clownerie.
Circus Roncalli 1993 auf Tournee in Aachen, Kassel, Wien und München.

Herbert Friedmann
Der Regenbogen hat sieben Farben
Circus Roncalli, Bd. 1
Zum Geburtstag eine Eintrittskarte für den Circus Roncalli? Kinderkram! ärgert sich Bastian. Noch ahnt er nicht, daß ihn diese Eintrittskarte in eine Welt voller Abenteuer führt. Best.-Nr. 4666
12,80/ÖS 99,–

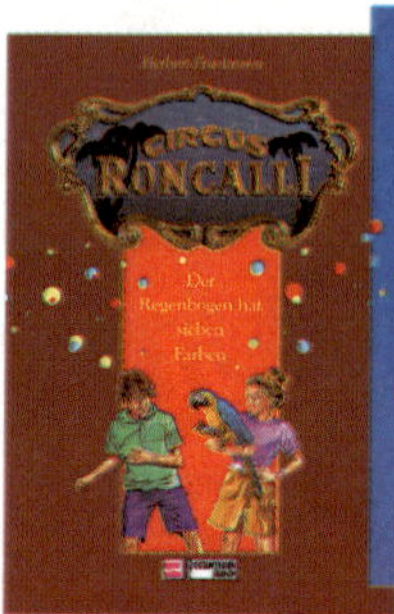

ab 10

ab 10

Herbert Friedmann
Seifenblasen platzen lautlos
Circus Roncalli, Bd. 2
Als Gewinner eines Malwettbewerbs verbringt Bastian eine aufregende und schöne Zeit im Circus Roncalli.
Best.-Nr. 4816
12,80/ÖS 99,–

Hans G. Franciskowsky
Tiger in Gefahr!
Auf den Spuren bedrohter Tiere, Bd. 5
Sara und Sebastian sind entsetzt: sogar solche majestätischen Tiere wie die indischen Tiger sind vom Aussterben bedroht.
Best.-Nr. 4876 9,80/ÖS 79,–

ab 8

Tierbücher

Günter Huth
Vorsicht, Hundefänger!
Tierfreunde im Einsatz, Bd. 1
Sebastian und seine Freunde versuchen alles um den Hund „Tiger" zu finden. Hoffentlich ist nicht auch er dem Hundefänger in die Falle gegangen. Best.-Nr. 4804 9,80/ÖS 79,–

ab 10

ab 8

ab 8

Günter Huth
Noch mal Schwein gehabt
Tierfreunde im Einsatz, Bd. 2
Das Schweinchen „Ringelchen" sorgt für heilloses Durcheinander, so daß seine Besitzer es wieder loswerden wollen: ein Fall für unsere Tierfreunde.
Best.-Nr. 4805
9,80/ÖS 79,–

Susan Clymer
Ein Ziegenkind braucht ein Zuhause
In der kleinen Ziege „Tobi" findet das Mädchen Dani einen Freund. Doch Tobi soll geschlachtet werden. Kann Dani das Ziegenkind retten?
Best.-Nr. 4845 9,80/ÖS 79,–

Gianni Padoan
Tottoi und die Mönchsrobbe
Die junge Mönchsrobbe „Zabaione" und der 14jährige Tottoi werden unzertrennliche Freunde. Noch ahnt Tottoi nichts von der Gefahr, die seinem neuen Freund droht ...
Best.-Nr. 4725 12,80/ÖS 99,–

PFERDEBÜCHER

Valter Farley
litz bricht aus, Bd. 5
lec verliert bei einem Unfall ein Gedächtnis. Dann ruft er Schrei eines wilden lengstes Erinnerungen in m wach. Eine abenteuer- che Suche beginnt ...
est.-Nr. 4852 12,80/ÖS 99,–

ab 10

ab 10

Walter Farley
Blitz legt los, Bd. 6
Durch einen Brand auf der Farm ist großer finanzieller Schaden entstanden. Alec setzt alle Hoffnungen auf die Stute Black Minx, die den großen Preis gewinnen soil. Als die Stute verliert, begreift Alec, daß es ohne Blitz nicht geht.
Best.-Nr. 4853
12,80/ÖS 99,–

ab 10

ab 10

Jo Pestum
Der geheimnisvolle Schimmel
Der Pferdehof im Münsterland, Bd. 2
Lena und ihre Freundin Annette mögen sich, doch sie streiten sich auch. Aber das ist bald vergessen, denn abenteuerliche Ereignisse warten auf die beiden Freundinnen.
Best.-Nr. 4760 10,80/ÖS 85,–

o Pestum
enas neue Freunde
er Pferdehof im
1ünsterland, Bd. 1
ange Jahre stand der alte ferdehof leer. Doch jetzt iehen Lena, ihr Bruder Pit, ie Eltern und der Wuschelhund Ronja von der Stadt ufs Land. Und schon beginnen die Abenteuer!
est.-Nr. 4759 10,80/ÖS 85,–

ab 12

ab 10

ab 8

Helga Wegener-Olbricht (Hrsg.)
Mein Pony ist mein bester Freund
Spannende, heitere und nachdenkliche Geschichten von Ponys und Pferden, den besten Freunden und Begleitern der Kindheit – erzählt von bekannten Autoren.
Best.-Nr. 4834
12,80/ÖS 99,–

rsula Isbel
Vinterstürme, Frühlingsluft
ferdeheimat im Hochland, Bd. 5
ergessen sind die kalten Wintertage. in besonderes Ereignis und der Duft nach vilden Kräutern lassen Laurie den Tag vor rem siebzehnten Geburtstag nie vergessen.

Erika Hein
Wenn wir Freunde wären
Corinna liebt Pferde, und sie hat alles, was sie sich wünscht. Doch erst nach dramatischen Ereignissen begreift sie, wie wichtig Freundschaft und Verständnis füreinander sind.

PFERDESACHBÜCHER DER EXTRAKLASSE

Diese Bücher sind ein Muß für begeisterte Pferdefreunde und Reiter und alle, die es werden wollen.

Uta Over
So verstehst du dein Pferd
Der Schlüssel zum wahren Pferdeverständnis: Wer seinen geliebten Vierbeiner wirklich verstehen will, muß dieses Buch gelesen haben. Denn nur wer sein Pferd versteht, kann sein Vertrauen gewinnen. Und nur durch Vertrauen entsteht echte Harmonie. Mit vielen Farbfotos und Zeichnungen.
Best.-Nr. 4773 24,80/ÖS 199,–

Edel Marzinek-Späth
Ich lerne reiten Schritt für Schritt zum guten Reiter
Die gründliche Reitausbildung von der ersten Longenstunde bis zum sicheren Ausritt. Mit zahlreichen Fotos und Illustrationen. Ein Buch für die Praxis – die ständige Begleitlektüre für junge Reiter und solche, die es werden wollen. Best.-Nr. 4859 24,80/ÖS 199,–

Eine neue Reihe über besondere Pferderassen: **Die Traumpferde der Welt!** Spannend und einfühlsam erzählt!

Holger Heck
Haflinger Traumpferde der Welt
Eine Geschichte über die Entstehung der Haflinger: Auf einem Südtiroler Bergbauernhof wird in der Christnacht 1876 ein Haflingerfohlen geboren. Das Stutfohlen wächst zu einem wunderschönen Pferd heran, das seiner Rasse alle Ehre macht.
Best.-Nr. 4768 24,80/ÖS 199,–

Holger Heck
Appaloosa Traumpferde der Welt
Ein alter indianischer Schamane, ein weiser Mann, erzählt dem jungen Amerikaner Jeff die Geschicht des einstmals großen Stammes de Nez Percé. Untrennbar mit diesen Indianern ist die Geschichte ihrer berühmten Pferde verbunden – de edlen, gefleckten Appaloosas.
Best.-Nr. 4769 24,80/ÖS 199,–

ab 13

ab 13

Ann Brandon
Liebe made in USA
Sweet Sixteen, Bd. 2
Christina ist zum ersten Mal in Amerika. Eigentlich wäre alles prima, doch sie ist unglücklich verliebt. Aber sie ist fest entschlossen, für ihr Glück zu kämpfen. Best.-Nr. 4855 9,80/ÖS 79,–

nn Brandon
arissas
ntscheidung
weet Sixteen, Bd. 1
arissa verliebt sich Hals über Kopf in Felix. ber auch Daniel läßt ihr Herz höher schla-en. Beide Jungen kämpfen um Larissas ebe. Best.-Nr. 4869 9,80/ÖS 79,–

ab 13

Gaby Schuster
Halt mich fest
in deinen Armen!
Kuschelrock
Tom, zwanzig Jahre, blondes Haar, graublaue Augen, stark und sensibel – ein Mann zum Festhalten. Hals über Kopf verliebt sich Tanja in ihn. Doch bald schon läuft alles schief. Die Mißverständnisse häufen sich und scheinen alles zu zerstören. Best.-Nr. 4878 14,80/ÖS 119,–

ab 13

Brigitte Blobel
Die Neue, mein Bruder und ich
Gefühlssachen
Von ihrer neuen Klassenkameradin Annabelle ist Ronja fasziniert. Annabelle hat alles, was sie nicht hat: sie ist schön, hat erste Erfahrungen mit der Liebe, und die Jungens fliegen nur so auf sie – auch Ronjas Bruder, der doch eigentlich mit Katja befreundet ist. Verrat und Eifersucht haben schlimme Folgen ... Best.-Nr. 4877 12,80/ÖS 99,–

ab 13

ab 13

Barbara Wersba
Ich gehe meinen Weg!
Hanna beschließt, eigene Wege zu gehen. Sie zieht von zu Hause aus und gründet die „Hundehilfe". Damit kommen natürlich auch einige Probleme auf sie zu. Wenn doch nur jemand da wäre, der ihr ein bißchen beisteht. Best.-Nr. 4668 14,80/ÖS 119,–

ma Krauß
as rote Seil
uch das noch! Gerti muß zusammen it ihren Eltern Ferien auf einem deutschen Camping-atz machen und jeden Tag für die Schule büffeln. Bei inem Spaziergang stößt sie auf ein rotes Kletterseil – nd damit auf einen jungen Mann namens Newton. est.-Nr. 4788 14,80/ÖS 119,–

ABENTEUER-BÜCHER

ab 8

Peter Kuntze
Unterricht im Hexenhaus
Die verflixte 7b, Bd. 5
Die verflixte 7b entdeckt die geheimnisvolle Vergangenheit ihres Heimatstädtchens. Best.-Nr. 4881
9,80/ÖS 79,–

ab 10

Rainer M. Schröder
Vampire kauen keine Knoblauchzehen oder Der Kapuzenmann
Pizza-Bande, Bd. 25
Ein Unschuldiger wird verdächtigt. Das kann di Pizza-Bande nicht zulassen. Sie versucht, den Täter auf eigene Faust z überführen. Best.-Nr. 47
9,80/ÖS 79,–

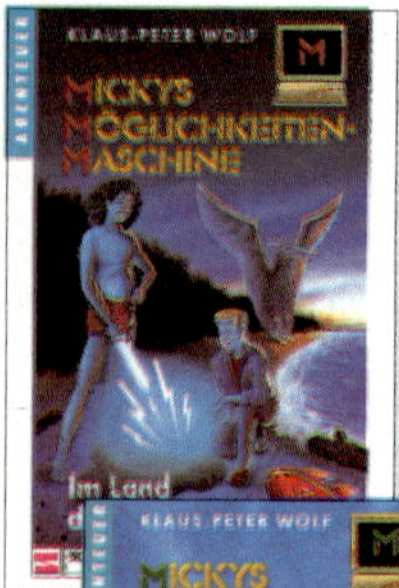

Klaus-Peter Wolf
Im Land der Ugar-Ugar
Mickys Möglichkeiten-Maschine, Bd. 1
Im Alltag ist Mickys Vater ein ziemlicher Versager. Aber an seiner Möglichkeiten-Maschine, einem Schreibcomputer mit allen Schikanen, ist er der Star. Eines Tages macht sich Micky am Computer zu schaffen und landet in einer fantastischen Zauberwelt.
Best.-Nr. 4850 9,80/ÖS 79,–

ab 8

ab 12

Klaus-Peter Wolf
Bei den Büffeljägern
Mickys Möglichkeiten-Maschine, Bd. 2
Die Möglichkeiten-Maschine verbannt Micky und seinen Pa ins Land der Büffeljäger. Dort müssen sich die beiden als Indianer bewähren. Best.-Nr. 4861
9,80/ÖS 79,–

Ursel Scheffler
Kommissar Kugelblitz
Sammelband 2
38 lustige und spannende Fälle gibt es zu lösen. Zusammen mit Kommissar Kugelblitz und euren Spürnasen sicherlich kein Problem. Wie immer bestätigt euch die beiliegende rote Wunderfolie die Lösung.
Best.-Nr. 4933
19,80/ÖS 149,–

ab 10

Klaus-Peter Wolf
Die Nacht im Geisterwald
Drei tolle Nullen, Bd. 9
Die „Drei tollen Nullen" finden ihr Zeltlager verwüstet vor. Aber sie wissen schon, wie sie es den Randalierern heimzahlen. Opfer ihrer nächtlichen Spukattacke wird allerdings auch Schuldirektor Dr. Nußbaum. Best.-Nr. 4712
9,80/ÖS 79,–

ab 10

Peter Weissflog
Wolly auf Schatzsuche
Wolly Cosmopolly, Bd. 6
Der Südseejunge Wolly und seine Freunde sind fest entschlossen, eine alte Geldkiste in einem Schiffswrack aufzubrechen. Kein ganz ungefährliches Unternehmen ...
Best.-Nr. 4711 9,80/ÖS 79,–

FANTASIA

Theo Schwartz
Papi lernt reiten
Bibi und Tina, Bd. 3
ater Blocksberg wird von Graf Falkenstein zur Fuchsjagd eingeladen. Doch dazu muß er erst einmal reiten lernen. Natürlich hilft Bibi ein wenig nach ...
Best.-Nr. 4879 10,80/ÖS 85,–

ab 8

Theo Schwartz
Das Zirkuspony
Bibi und Tina, Bd. 4
Bibi und Tina sind fest entschlossen, ein Zirkuspony zu retten, das der Zirkusdirektor zum Schlachter geben will. Mit Bibis Hexenkünsten hat er nicht gerechnet.
Best.-Nr. 4880
10,80/ÖS 85,–

ab 8

Kevin Kay
Das Wundertier aus Mexiko
Der Axolotl, Bd. 1
Stefan, Julia und Michi ommen aus dem Staunen nicht heraus. Diesmal hat nen Käpt'n Brause etwas ganz Besonderes mitgeoracht: einen Axolotl. Aber nen gewöhnlichen – nein, dieser Lurch besitzt übersinnliche Fähigkeiten.
Best.-Nr. 4698
10,80/ÖS 85,–

ab 8

Kevin Kay
Der Zauberkünstler
Der Axolotl, Bd. 2
Mit einer Fünf in Mathe scheint Stefans Traum von einem Mountainbike endgültig ausgeträumt. Aber der Axolotl weiß Rat. Auf dem Wettbewerb der Magier zaubern sich die beiden das ersehnte Fahrrad einfach herbei.
Best.-Nr. 4699
10,80/ÖS 85,–

ab 8

PROMINENTE ERZÄHLEN FÜR KINDER

Ein außergewöhnliches Buch, denn die Geschichten schrieben viele Prominente aus der Unterhaltungsbranche, aus Politik, Sport und Medizin. Die Illustrationen sind von bekannten Zeichnern. Alle verzichteten auf ein Honorar, um mit dieser Aktion krebskranken Kindern zu helfen.

2,– DM aus dem Erlös des Buches kommen krebskranken Kindern zugute!

Horst Jüssen (Hrsg.)
Prominente erzählen für Kinder
Best.-Nr. 4857 19,80/ÖS 149,–

SONDER-AUSGABEN

Bekannte und beliebte Erzählungen als preiswerte Sammelbände. Jedes Buch kostet nur 12,– /ÖS 95,–.

Evelyne Kolnberger/
Margot Kreuter/Danica Langenstein
Mein Glück macht große Sprünge
Drei spannende Pferdegeschichten: Heiter und ernst, mit viel Pferdeliebe, Freundschaft, Ferienerlebnissen und Verliebtheit. Best.-Nr. 4785 12,–/ÖS 95,–

Lynn Hall/Lisbeth Pahnke/Diana Pullein-Thomson
Ich wünsche mir ein Pferd
Dies sind die Geschichten dreier Mädchen und ihrer Pferde. Ihre Schicksale ist sind eng miteinander verbunden.
Best.-Nr. 4937 12,–/ÖS 95,–

Klaus-Peter Wolf
Drei tolle Nullen und ihre Abenteuer
Der erste Sammelband dieser beliebten Serie. Mit Clubkarte! Best.-Nr. 4934
12,–/ÖS 95,–

Marie Louise Fischer
Wenn's im Schwindeln Noten gäbe
Tessie und Dany sind im Schwindeln und Sichdurchmogeln unschlagbar. Bis eines Tages alles auffliegt und auch sie nicht mehr um die Wahrheit herumkommen.
Best.-Nr. 4938
12,–/ÖS 95,–

Margot Kreuter
Sandra – Neue Fälle für die junge Detektivin
Mit einer Riesenportion Mut und Grips sind Sandra und Joschi wieder in drei unheimlich spannende Kriminalfälle verwickelt. Ob sie den Tätern auf die Spur kommen?
Best.-Nr. 4899
12,–/ÖS 95,–

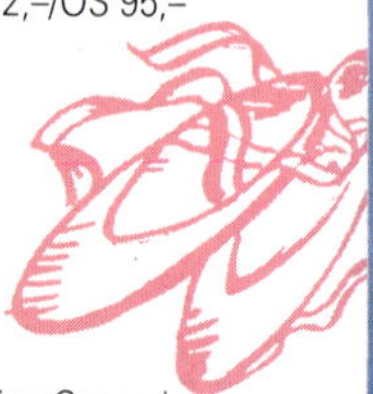

Tina Caspari
Katja tanzt ins Leben
Katja findet sich unattraktiv, obendrein nerven sie Schule, Eltern, ihre Brüder und noch einiges mehr. Wie gut, daß es Petra gibt, die Katja immer wieder auf den Teppich bringt. Die beiden verbindet eine besondere Leidenschaft: das Tanzen. Best.-Nr. 4900 12,–/ÖS 95,–

Alles Gewohnheit

Miranda wunderte sich, wie schnell man sich an alles Neue gewöhnen konnte. Als armes Mädchen vom Eselsberg hatte sie sich rasch daran gewöhnt, Miranda von Oberkirschberg zu sein, ein Bauernmädchen in selbstgenähten Kleidern, das einen warmen Wintermantel hatte. Ebenso rasch gewöhnte sie sich daran, ein Großstadtmädchen zu sein, das feine Kleider aus dem großen Kaufhaus trug. Und es kam ihr fast selbstverständlich vor, in einer schönen Wohnung zu wohnen und mit Großmutter in die Stadt zu gehen und in eleganten Lädchen einzukaufen.

Als allererstes hatte sie neue Kleider bekommen. Schon am ersten Abend hatte Großmutter Miranda angeschaut und gesagt: „Wir müssen dir etwas Anständiges zum Anziehen kaufen, Kleider und Schuhe."

„Aber das Kleid ist doch neu", hatte Miranda gemeint, „und die Schuhe habe ich erst zu Weihnachten bekommen."

Großmutter hatte nichts gesagt, aber es war ihr anzumerken, daß sie sowohl die Schuhe als auch das Kleid als unpassend empfand. So eine elegante Großmutter war einschüchternd. Miranda fühlte sich in ihrer Gegenwart unsicher. Sie wußte nicht, worüber sie mit ihr sprechen sollte. Großmutter schien über-

12 4414-12

haupt nicht zu verstehen, daß es Menschen gab, die nicht viel Geld hatten und die nie davon träumen würden, Kleider zu kaufen, nur um fein auszusehen, obwohl sie schon alles hatten, was sie brauchten.

Es war ein Gefühl, als wäre man den ganzen Tag beim Bürgermeister zu Besuch. Punkt zwei Uhr wurde der Teewagen hereingerollt, mit erlesenem Teegeschirr und einer Zuckerschüssel und einem Sahnekännchen aus Silber. Jedesmal war es Mori, die den Teewagen hereinrollte. Und nie wurde Mori aufgefordert, sich zu setzen und mit ihnen Tee zu trinken.

„Mori ist ein Juwel“, sagte Großmutter, nachdem Mori in die Küche verschwunden war. „Ich weiß nicht, was wir ohne sie täten. Aber sie wird allmählich alt, und zwei Dienstboten können wir uns nicht leisten. Allerdings kommt eine Hilfe zum Putzen und Waschen.“

„Heißt sie wirklich Mori?“ fragte Miranda. „Komischer Name.“

„Auch nicht komischer als Miranda“, sagte Großmutter. „Eigentlich heißt sie Maria, aber dein Vater sagte immer Mori, als er klein war. Und seither heißt sie so.“

Miranda wurde es warm ums Herz. Jetzt würde sie den Namen Mori immer lieben. „Wenn ich eine Tochter kriege, wird sie Mori heißen“, sagte sie.

Großmutter lachte.

„Na, erstmal abwarten. Bis dahin weißt du bestimmt etwas Besseres.“

„Erzählt mir von Vater", bat Miranda.

Großmutter und Großvater sahen einander an. Wer sollte anfangen? Großvater begann.

„Ein feiner Junge", sagte er. „Aber ein Träumer. Meistens ging er seine eigenen Wege und verriet uns nichts von seinen Gedanken."

„Er war wie andere Jungs auch", sagte Großmutter. „In der Schule war er faul und trieb nichts als Unfug."

„Aber das Abitur hat er dennoch geschafft", fügte Großvater hinzu.

„Mit Ach und Krach", sagte Großmutter. „Ein erbärmlicheres Zeugnis hab ich noch nie gesehen."

„Bis aufs Zeichnen", sagte der Großvater. „Die gute Note in Zeichnen trieb ihn zur Malerei."

„Oder umgekehrt", meinte Großmutter. „Die künstlerische Begabung verhalf ihm zum guten Zeugnis. Das war das einzige, was ihn wirklich interessierte. Wenn wir ihn unterstützt hätten, wäre er vielleicht ein richtiger Künstler geworden. So mußte er heimlich malen. Er nahm es uns übel, daß wir so sehr dagegen waren. Wir hätten ihm lieber helfen sollen. Dann hätte er uns nicht verlassen."

Großvater seufzte. „Das haben wir schon ausdiskutiert", sagte er. „Was getan ist, ist getan und läßt sich nicht ändern. Wie dem auch sei, seine Begabung hätte vielleicht ohnehin nicht ausgereicht."

„Woran ist mein Vater gestorben?" flüsterte Miranda.

Die Großeltern schauten einander wieder an. Großvater ergriff erneut das Wort. „Ein Jagdunfall", sagte er. „Er ist ausgerutscht, und da ist der Schuß losgegangen."

Großmutter begann zu weinen. „Ich versteh das nicht", flüsterte sie. „Er war gar kein Jäger. Wir hatten nie etwas davon gehört, daß er auf die Jagd ging."

Großvater streichelte ihre Hand. „Weine nicht, Liebes. Warum hätte Daniel kein Jäger sein sollen? Wir haben so vieles von unserem Sohn nicht gewußt. Jetzt wollen wir uns darüber freuen, daß wir Miranda haben."

Beide sahen sie Miranda liebevoll an.

„Wenn du nur bei uns bleiben könntest", sagte Großmutter. „Wir sind so einsam hier in unserer großen Wohnung. Du könntest eine gute Schule besuchen ..."

Miranda erstarrte. Niemals würde sie Lovisa in Oberkirschberg verlassen! Dort war sie daheim. Hier in der großen Wohnung mit den drei alten Leuten wollte sie ganz bestimmt nicht leben.

Großvater lachte. „Du gehörst zu uns", sagte er. „Denk an das Foto von Großmutter, als sie jung war."

Miranda mußte ebenfalls lachen. Dieses Foto hatten sie immer wieder angeschaut! Ein Mädchen in Mirandas Alter, das in einem künstlichen Garten saß. Aufrecht und steif blickte sie mit großen, ernsten Augen direkt in die Kamera. Es war, als würde Miranda dort sitzen. Großmutter war ebenfalls ein nachdenkliches Mädchen gewesen. Nur ihre Kleider und ihre Frisur hatten anders ausgesehen.

„Ihr könntet ohne weiteres Zwillinge sein", meinte

Großvater. „Unglaublich, diese Ähnlichkeit!"

Mehr erzählten die Großeltern nicht von Mirandas Vater. Dafür konnte Mori erzählen. Abends setzte sie sich zu Miranda auf die Bettkante.

„So bin ich oft bei deinem Vater gesessen, als er klein war. Er liebte Märchen. Und ich war die einzige, die ihm Märchen erzählte. Er war ein einsames Kind. Hatte einen strengen Vater. Da hieß es tagaus, tagein immer nur ‚still gestanden', ‚halt den Rücken gerade', ‚Brust raus'. Und ‚man spricht nicht mit vollem Mund' und ‚wenn Erwachsene reden, haben Kinder zu schweigen.' Nichts als Verhaltensregeln."

„Aber Großmutter war doch wohl nicht so streng?"

„Streng war sie nicht. Vielleicht war sie allzu nachgiebig. Sie hatte großen Respekt vor deinem Großvater und tat alles, was er sagte. Und dann hatte sie ja ihre Gäste und Einladungen. Du meine Güte, waren das Feste! Und dann die eleganten Kleider und die vielen Reisen. Von einem Offizierslohn hätten sie nie so leben können. Aber sie hatten geerbt. Deine Familie ist reich, mein Kind. Du hast Glück gehabt."

„Das ist mir egal. Mir ist nur mein Vater wichtig. Ich bin traurig, daß er tot ist. Wenn ich ihn hätte kennenlernen dürfen, hätte ich ihn geliebt. Ein einziges Mal habe ich ihn gesehen, und seither habe ich mich immer nach ihm gesehnt."

„Er war ein lieber Mensch", sagte Mori. „Aber schwach ... wurde irgendwie nie erwachsen. Konnte keine Verantwortung übernehmen. Vielleicht wäre er nicht damit fertiggeworden, ein Vater zu sein ..."

Wir werden schon eine Lösung finden

Miranda saß im Zug. Bald würde sie wieder zu Hause sein. Bald würde sie wieder die normale Miranda sein, nicht mehr die Enkelin Miranda in der schönen Wohnung in Stockholm. Immer wieder holte sie die Fotos hervor, die sie mitgenommen hatte.

Vater zuerst. An ihm konnte sie sich nicht sattsehen. Die großen, ernsten Augen, die schönen dunklen Haare. Er sah Großmutter ähnlich. Und vielleicht sah sie, Miranda, ihm auch etwas ähnlich. Möglicherweise könnte sie im Laufe der Jahre so schön werden wie ihr Vater.

Ein Porträt von Großvater und Großmutter hatte sie auch dabei. Wie ein Königspaar thronten sie auf einem großen schönen Sofa – Großvater in Uniform und Großmutter in einem hochgeschlossenen glänzenden Seidenkleid.

Die Großeltern hatten sie an den Zug begleitet. Und zum Abschied hatten sie wiederholt, was sie schon zuvor gesagt hatten. „Komm zu uns. Wir haben doch bloß dich ..."

Aber sie hatten nichts davon gesagt, daß Lovisa mitkommen sollte. Lovisa würde zwar nie in Stockholm leben wollen, aber sie hätten sie trotzdem einladen können. Sie war ja die Mutter ihrer Enkelin und fast die Frau ihres Sohnes. Doch wenn man nicht richtig verheiratet war, zählte das vielleicht nicht.

Miranda freute sich auf zu Hause. Sie hatte so viel zu erzählen – alles, was sie in der großen Stadt erlebt hatte. Sie war im Theater und im Kino gewesen, hatte in teuren Läden eingekauft und Konditoreien besucht. Sie war mit dem Taxi gefahren.

Und außerdem hatte sie Sigvard getroffen. Doch das würde sie nicht erzählen. Wenn sie daran dachte, bekam sie ganz rote Backen. Sie hatte in dem großen Kaufhaus auf Großmutter gewartet, die an einem Stand Handschuhe aussuchte. Da hatte jemand ihr auf die Schulter geklopft.

„Ist das nicht meine kleine Tanzpartnerin?" sagte Sigvard.

Warum war sie nur immer so schüchtern? Warum fiel ihr nie eine schlagfertige Antwort ein? Sie hätte doch wenigstens eine Bemerkung über die Kommode machen können. Aber nichts brachte sie heraus.

„Wie kommt es, daß du in Stockholm bist und mich nicht besuchst?" fragte er.

„Warum sollte ich dich besuchen?"

„Weil du so froh darüber bist, daß ich dir das Tanzen beigebracht habe."

„Ich hab doch keine Ahnung, wo du wohnst."

„Hast du meinen Weihnachtsgruß denn nicht erhalten?"

„Doch."

„Aber du hast mir nicht geantwortet."

„Ich hatte deine Adresse nicht."

„Die stand auf der Karte. Hast du nicht ordentlich nachgeschaut? Im Bart vom Weihnachtsmann stand die Adresse. Wo sollen wir uns treffen? Gehen wir irgendwann zusammen ins Kino?"

„Ich fahre morgen nach Hause."

„Schade. Ich hätte dich gern getroffen. Du bist so ein ungewöhnliches Mädchen."

„Das sagen alle. Komisch, sagen sie. Aber ich will nicht komisch sein. Ich will so sein wie alle anderen."

Inzwischen hatte Großmutter ihren Einkauf erledigt. Miranda ging ihr rasch entgegen.

„Eines Tages komme ich in deine Stadt", flüsterte Sigvard. „Dann sehen wir uns ..."

Großmutter sah Miranda erstaunt an, als sie das Kaufhaus verließen.

„Du hast mir gar nicht erzählt, daß du einen Bekannten in der Stadt hast."

„Daheim hab ich einmal mit ihm getanzt ... auf einem Fest."

Großmutter lächelte. „Dieser Junge muß ein guter Tänzer sein, das sehe ich deinen Augen und deinen roten Wangen an!"

Es war nicht Lovisa, die Miranda am Bahnhof erwartete. Es war Harry. Fröhlich stand er auf dem Bahnsteig und nahm ihren Koffer. „Hübsch bist du geworden", stellte er fest und musterte sie anerkennend.

„Das macht der Hut", sagte Miranda. „Meine Großmutter wollte mir unbedingt neue Kleider kaufen."

„Das macht nicht der Hut", sagte Harry. „Es ist was anderes."

„Ich bin verzaubert, hab einen Prinzen getroffen ..."

„Die Prinzen kannst du alle vergessen!"

„Wo ist Lovisa?" fragte Miranda. „Warum holst du mich ab?"

„Bin ich etwa nicht genug? Übrigens lade ich dich zum Taxi ein. Allerdings hat Lovisa mir das Geld dafür gegeben."

Inzwischen war Miranda es gewöhnt, Taxi zu fahren. Mit Großmutter war sie kreuz und quer durch Stockholm gefahren. Und das waren schönere Autos gewesen als die alte Klapperkiste von Droschken-Johan. Aber trotzdem war es ein feierliches Gefühl, mit Harry auf dem Rücksitz zu sitzen und wie feine Herrschaften durch die Gegend zu fahren.

Er nahm ihre Hand.

„Lovisa und ich haben uns Sorgen gemacht."

„Warum denn?"

„Lovisa hat schon befürchtet, daß du bei deiner neuen Familie bleibst."

„Das glaube ich nicht. Sie weiß, daß ich sie nie verlassen werde."

„Und ich würde es dir nie erlauben, von hier wegzuziehen."

„Du bestimmst nicht über mich."

„Vergiß nicht, daß du Bäuerin von Oberkirschberg werden willst."

„Vielleicht werde ich Künstlerin. Allerdings kann man nicht wissen, ob mein Talent ausreicht."

„Welches Talent?"

„Mein Maltalent. Mein Vater hat es gehabt, aber es war nicht groß genug. Vielleicht lag es auch daran, daß seine Eltern ihn am Malen hinderten. Inzwischen haben sie sich geändert. Wenn ich Künstlerin werden will, werden sie mir helfen, das haben sie mir versprochen. Alles, was mein Vater nicht bekam, soll ich bekommen."

Harry schwieg. Dann sah er sie ernst an. „Ich weiß", sagte er. „Du wirst nie Bäuerin auf Oberkirschberg. Du wirst auch nicht hier in unserer Stadt bleiben."

„Und du wirst auch nie ein Bauer", lachte Miranda und drückte seine Hand. „Wir werden trotzdem eine Lösung finden."

Dann waren sie in Oberkirschberg angelangt. Das Hoftor war sperrangelweit geöffnet, und auf der Haustreppe stand Lovisa.

„Miranda“
Serie von Kerstin Sundh

Miranda (Band 1)
Das Geheimnis der Perlenkette

Miranda (Band 2)
Ein ganz besonderes Geschenk

Miranda (Band 3)
Das wundersame Bild

Miranda (Band 4)
Ersehnte Briefe

„Circus Roncalli“
Serie von Herbert Friedmann:

HABE ICH		WÜNSCHE ICH MIR
	Circus Roncalli (Band 1) Der Regenbogen hat sieben Farben	
	Circus Roncalli (Band 2) Seifenblasen platzen lautlos	
	Circus Roncalli (Band 3) Jeder Fuchs braucht seinen Pelz	